張曉風

花樹下，我還可以再站一會兒

輯一 山事

輯二　莎小妹和蘇小妹

輯三　在眾生的眉目間去指認

輯四 頭寄頸項了無恨 夢縈江山真有情

輯五　七公分的甘泉

【代序】

花樹下，我還可以再站一會兒

——風雨併肩處，記得歲歲看花人

臺北城南有棵樹，名叫魚木，是日本時代種下的。它的祖籍是南美洲。如今長得碩大偉壯，枝繁葉茂，有四層樓那麼高，算來也該有八、九十歲了。暮春的時候開一身碗口大的白花。

二〇一二年四月，我人在臺北，花期又至，我照例去探探她。那天落雨，我沒帶傘，心想，也好，細雨霏霏中看花，並且跟花一起淋雨，應該別有一番意趣。花樹位於新生南路的巷子裡，全臺北就此一棵。聽說臺灣南部也有一棵，但好像花氣人氣都不這麼旺。

有個女子從羅斯福路的方向走來，看見我在雨中癡立看花，她忽然停下步履，將手中一把小傘遞給我，說：

「老師，這傘給你。我，就到家了。」

她雖叫我老師，但我確定她不是我的學生。我的第一個反應是拒絕，素昧平生，憑什麼拿人家的傘？

「不用，不用，這雨小小的。」我說。

不過，正在我說話的時候，雨就稍稍大起來了。

「沒事的，沒事的，老師，我家真的就到了。真的。我不騙你！」她說得更大聲更急切，顯得益發理直氣壯，簡直一副「你們大家來評評理」的架式。

我忽然驚覺，自己好像必須接受這把傘，這女子是如此善良執著，拒絕她簡直近乎罪惡。而且，她給我傘，背後大概有一段小小的隱情：

這棵全臺北唯一的一株魚木，開起來鬧鬧騰騰，花期約莫三個禮拜，平均每天會有一千多人跑來看她。看的人或仰著頭，或猛按快門，或徘徊躑躅，或驚呼連連，誇張他們對此絕美的不能置信。至於情人檔或親子檔則指指點點，細語溫婉，亦看花，亦互看。總之，幾分鐘後，匆忙的看花人輕輕嘆一口氣，在喜悅和悵惘中一一離去。而臺北市有四、五百萬人口，每年來看花的人數雖多，也只是三、四萬，算來，看花者應是少數的癡心人，少於百分之一。

在巷子裡，在花樹下，癡心人逢癡心人，大概彼此都有一分疼惜。贈傘的女子也許敬我重我，也許疼我憐我，她沒說出口來，但其中自有深意在焉。想來，她應該一向深愛這棵花樹，因而也就順便愛惜在雨中兀立看花的我。

我們都是花下的一時過客，都為一樹的華美芳鬱而震懾而俯首，「風雨並肩處，記得歲歲看花人」。

那天雨愈下愈大，贈傘的女子想必已回到家了。我因手中撐傘，覺得有必要多站一會兒，才對得起贈傘人。此時，薄暮初臨，花瓣紛落，細香微度。環顧四周，來者自來，去者自去，我們都是站在同一棵大樹下驚豔的看花人——在同一個春天。我想，我因而還能再站一會兒，在暮春的花樹下。

後記：

這篇短文，是我三年半前寫給大陸讀者看的，想讓他們多知道一些臺北這座老城特殊的風儀樣貌。至於臺北市民自己，好像早就已知此景，不勞我多說了。不過，最近亂翻舊作，重睹此一文，遂又想起那年的雨中情節，而那把贈傘，還在我前廊吊著——讓我想起，哎，歲月不居，這竟是一千天以前的事了！遂把文章重新修改刪補了一番，正式在臺灣發表。

二〇一六年一月二十八日《聯合報·副刊》

輯一／山事

山事

山的上游和下游

碧波千里，總有個上游、下游。至於青山翠峰起起伏伏，亦如千仞湧浪，說來也該自有其上游和下游才對。水和山常是一路婉轉相隨卻又如時聚時離的情侶。那麼，最後所有的山山谷谷都一路流淌到哪裡去了呢？據古人說，是「碣石瀟湘無限路」，碣石，就算是古中國的山脈之東極了吧？再過去，就是大海了。碣石山原在河北昌黎縣，可是滄海桑田，這座山巖，漢武帝還明明去祭過的，卻憑空不知怎麼的，就沉埋到海平面下頭去了。我於是只好把青島的嶗山當作碣石，視它為山脈地勢狂奔迷走之餘的最後一抹巍然。

然而，反過來說，從碣石或嶗山逆流而上，哪裡又算是山的源頭呢？

於是，從成都出發，我們走過司馬相如的「琴挑」，停佇過薛濤枇杷深巷中那漉曬著水紅色小條箋的院落，繞過蘇東坡竹篁叢生的眉山故里，我們往西方的仙子寄住的山區走去。

開國元勳和江南秀士

山在下游，每每化成了文弱的江南秀士，「數峰清苦，商略黃昏雨」。但在山的上游，山勢壯甚，如開國元勳，萬巒千嶺一一皆如天闕，垂眉俯視眾生，絕對不像中土詩人在詩中所說的「曲折如屏風」，也不像詞中說的「秀麗如玉枕」。它是巨龍橫路，拔地擎天，連緜不絕。世若無鬼神便罷，世若有鬼神，則此大山大水才不是什麼「鬼斧神工」，它根本就是神明自己的化身，鬼物自己的幻影。

得了憂鬱症的山？

關於山的漢字，我好奇，便去算了一下，共有七百一十九個，其中筆劃最多的一個有三十二劃，寫作巙。咦？山也會得憂鬱症嗎？看解釋，說是「山煙貌」。啊，原來煙嵐紛藴，不單自成一景，也自有一個前人造好的字去專門侍候它、說明它。然而西行路上的山卻不多煙，西方的天空特別燦藍特別晴亮，像綠松石。空氣也乾爽清澈，彷彿這一片新天新地是新運到新開箱的新貨。

和「山部首」有關的字極多極有趣，堆起來也不免自成小山一座呢！中華民族誠然是山之

子，海，則是後來才結的緣。例如

嶰是指：「性格獨立的山」，不跟人拉幫結派，孤伶伶獨站獨臥的一座山。

嶒是指：「有深度的山」，山深起來，真要比「庭院深深深幾許」要深多了啊！

㠥則指：「山高」，奇特的是古人還有姓㠥的呢！

巙是指：「曲曲折折的山」。

嶷則專門指：「湖南的一座山」，這山如「九胞胎」，山山相似，直把人看得糊里糊塗滿心生疑，故名九嶷。

嶔是：「高而險的山」。

嶽字更奇特：它是「封了位階的山」，它負責在東南西北形成四嶽，有時加上中央算是五嶽，山竟變成中華民族的忠心守衛了。

春來山事好

唉，山的事，說不完。劉禹錫的詩中乾脆就設「山事」一詞（其實《周禮》中就說了「山事」），恰似「心事」、「春事」、「花事」一樣，是因為愛之深所以述之詳。劉詩〈奉送家兄歸王屋山隱居〉中有句謂：

春來山事好
歸去亦逍遙

山事可以成為一個專有名詞，因為山中之事太多了，「山中何所有，嶺上多白雲」、「山空松子落，幽人應未眠」、「只在此山中，雲深不知處」、「共山僧野叟閒吟和」、「山重水複疑無路，柳暗花明又一村」……。

山和這個古老的民族一向是多麼相依相存啊！

歌如果這樣唱

而一路西行，如玄奘，卻並不為去西天取經。不求有所得，但求有所失。只求能把傲慢的心一層層剝蝕，把欲望一寸寸降低。

汶川，劫後之城，羌人寨子、紅色哈達、茂縣、松藩、麻烈辛香的紫色花椒……、阿壩州、黑水縣、衣著既素樸又豔麗的藏民……。

山路漸高，想來離天已多少近了些，光害少些，星星亮些。此刻是四月，春風駘蕩，想看的冰川也一程程近了，想起我的老鄉高祖劉邦唱著那首令他自己流淚的歌：

大風起兮雲飛揚
威加海內兮歸故鄉
安得猛士兮守四方

我想這歌如果交給我來唱，其詞應如下：

大風起兮雲飛揚
文行海內兮歸故土
願得天下健筆兮共寫四方

歌如果這樣唱，又何須流淚？

因高而寒，因寒而雪，因雪而冰晶玉瑩

今天，本來排定的日程是在高山草原散散步。上冰峰，是明天的事，但領隊卻忽然宣布：「吃完中飯就立刻上山，今天難得太陽好，明天就說不定了，山上天氣千變萬化。」說的有理，山中氣象，哪能配合你事先印好的行程表呢？於是大夥動作盡快，不一會，除了身體不適退回旅館睡覺的，其他的人便都身在高山之巔了。

四千米，和臺灣的玉山一樣，玉山也是因高而寒，因寒而雪，因雪而冰晶玉瑩並因而得名的。和此刻的藏人阿壩州黑水縣自治區的達古冰川相比，真是東西兩輝映啊！

山之美，當然不純然在其高，但境內能有高山且能登其高山，卻不能不說是上蒼特別的恩惠。沃野千里萬里延伸不盡的大平原雖令人驚愕嘆息，山高八千米如埃佛勒斯峰雖令人生敬生畏。但能有一座不高不矮，身長四千米的山卻是我認為比較可以心許的合情合理的「理想山」。這種山夠美，夠狠，夠冰清玉潔離塵絕俗，卻也不致冷到變化詭譎，動不動就凍死人的程度。這種安全的涉險，溫柔的折磨，才是常人可以領受得起的福澤。在夠高的山上（要疊羅漢的話，要疊兩千五百個我啊！）放眼望去，能見千山萬壑之匍匐如狂濤，能見遠遠近近雲繚霧繞冰封雪拂之奇幻布局，啊，這樣的山水怎能不是造物的聖諭。

冰川之美，有點詭異，上白、下白、左白、右白、前白、後白。一如——唉！一如什麼呢——其實它竟比較像數學，如此端整準確，純粹無誤。一眼望出去，只見群山冰肌雪腸，如此冷豔決絕，不作二色，像仲尼。這才發現，原來冰的透明加上雪的淨白竟是可以這般溫柔又這般剛烈，這般精明入微又這般無垠無涯。沒有山花，沒有蝶蹤，沒有萬紫千紅，可是單只空曠曠的白竟也可以如此華麗不可方物，令人遐思不盡。

我原想找個詞彙來形容一下冰雪，卻忽而失笑，不對不對，冰雪之美，已是人間感覺和經驗的極限，它一向都用來形容別的事物，例如冰清玉潔的人品，冰弦玉柱的琴聲，冰姿玉骨的美人或「冰雪聰明」的才子。冰和雪自己則是無法被形容的，唉！所以，放棄吧！

我甚至全然不知世上有此冰川

四千米絕頂處有一平臺，而我立身其上，頭上的雪羽悠悠落下，腳下的雪堆則厚可沒膝。此時此刻接下來該做的事好像就是拍一張美美的照片了。照片也許該選背景，大家都選了一塊大石頭，石上刻著不知什麼人寫下的「挑戰自我」。

挑戰自我？我不禁莞爾笑了，我的那個「自我」不怎麼樣啦，不值得做什麼挑戰或挑釁。

不錯，我是登上峰頂了，可是，這全然不是靠我自己的本領。憑我，我是連世上有此一片叫達古冰川的地方也不知情的哇！還談什麼登山行呢？（哼，說來我所不知道不懂得的還多著呢，何止這一端。）這達古冰川是一九九二年有位日本科學家靠著人造衛星才觀測到的。當然，你可以說，這全歸功於這位日本人。不過，憑良心說，難道他不也仗著背後那些「造人造衛星的」另一批精英嗎？人類整體文明少說也有五、六千年了，我們自己的民族從漢唐盛世算起也有兩千年了，什麼互砍互殺互鬥互炸的把戲也都玩過了頭地在玩著，卻居然連自己身邊山紆水複處有此一絕美仙境都渾然不知，唉！也真是敗家子一群啊！

我既不知此仙境，也算孤陋寡聞了（好在孤陋之輩為數眾多，我倒頗不寂寞），我是靠別人整理出來的資訊，靠別人辛苦修築完成的山間公路，才能安坐旅遊車到此一遊的。人類活著，一年三百六十五天，一天二十四小時，哪一時哪一刻不是靠天恩地惠以及他人的智慧勞力才活下來的，哪有什麼「挑戰自我」的榮耀——至少我就沒有。

況我於二〇〇五年罹患大腸癌，於是動了手術，切掉五十公分的腸子，然後又僥倖活了下來，至今息視人間，我靠的全是天地間的一絲垂憐啊！——而為我開刀的林醫師，他自己也有諸多毛病，全身開過不下十次刀，當然，他雖手術高明，他自己身上的手術可卻都是別人動的刀。

且我又有血壓高的毛病，如果不是靠近百年來的醫藥進步，恐怕早已中風或死亡，哪來什麼本事去挑戰什麼什麼冰川絕頂？加上這兩天吃了「紅景天」高山藥，可以表面看起來活蹦亂跳，其實恍如小兒坐轎——看景全仗著別人的身高。

說起來，我想感謝的還有那些草原上的犛牛呢，沒有牠們美味的肉，我哪有今天爬山的能量，當然，還有紅菇湯，還有核桃花鬚鬚……。對了，還該感謝我的牙醫，他為我做了合用的牙冠，否則美食當前，七十二歲的我卻也沒本事消受啊……！

何況，我今日登山，並不像攀岩專家，在岩石上釘釘子、拉繩索，我們是直接坐纜車上來的，什麼力氣也沒花。而纜車，是澳大利亞的公司做的，我不過坐享其成罷了。纜車，這邊叫「索道」，這名字挺好，簡直像「求索真理」一般詩情畫意。

下了纜車，走不到一百米，就是峰頂了。厚厚的積雪雖令人腳趾稍覺僵冷，但我卻有四隻腳，另外兩隻是輕便的登山杖。「杖」，這個字也忒好，我就是處處「仗」著別人的勞力和智力，才能有此壯遊啊！

《中庸》，自己蹦了出來

如果不是「挑戰自我」，那麼，什麼才是我此刻的心情呢？有十個字立刻浮出來，那便是：

行遠必自邇
登高必自卑

對啊！對啊！當我行到遠方
才知道自己的深淺和短長
當我爬上了高崗
才知道自己沒有理由張狂

咦，奇怪，這是什麼地方冒出來的句子，哦，對了，是《中庸》。我此刻分明並沒有去想什麼《中庸》，是《中庸》自己蹦出來的。奇怪的是，兩千多年前的句子怎麼形容我此刻的心情竟是如此貼切！

不過，如果容許我和《中庸》裡的仲尼對話，我會再加衍生：

或在平面上走長長遠遠的路
或在三度空間裡從事辛苦的垂直攀高

如果這些都能有助於自我終於懂得謙抑
那麼一朝面臨冰崖雪湖的無瑕無疵
讓我也懂得什麼叫自穢自慚和自澄自清吧！
（前者，屬於數學上的比例問題）
（後者，是化學上的質變）

那些轟然矗立在大地之上的驚嘆號

十年前，去過黃山，對那句「黃山歸來不看山」的說法，只能「不贊成——卻原諒」，（對他人真心且偏心的愛情，不是都應該曲意原諒嗎？）但我自己的說法卻是，正因為從黃山歸來，正因為嗜美已成癮且入骨，讓我在有生之年能一一拜謁那些遠遠近近的山，那些轟然矗立在大地之上的驚嘆號。

唯一的憾事是，達古冰川太美，我記憶追述時，老覺得不踏實，就算有照片為佐證，我仍有幾分疑幻疑虛。心想，那會不會只是我二〇一三年四月仲春的一場介乎無痕與有痕之間的春夢呢？

二〇一五年四月二十八、二十九日《中國時報・人間》

生生

——記二〇一四春天的幸事

1

二〇一四年二月十五日到四月十四日，我應聘赴港，任港大的駐校作家。港人因為英治百年而十分在乎「準確」，駐校兩個月，就是兩個月，一天不可多，也一天不可少。

我去之日，發現自己住在四樓的宿舍，伶伶然包覆在一棵大木棉樹下，樹身高過我的四樓，粵人慣稱此樹為「英雄樹」，因為它總是奮力把自己長得又高又大，比周邊的樹都要出類拔萃才甘心。屋外有廊，人立廊上，伸手幾乎可以搆到木棉樹。

廊的地面鋪黑色方磚，一格一格，像圍棋棋盤。日長人靜，落葉錚錚然落在方格上，如高人著棋，布局奇詭。而樹上投子之枯枝，其出手如高人隱士，眉目之間毫無表情，不想讓人窺見藏在棋路中的重重心機。我也懶得去猜它，只跟打掃的女工說，我家陽臺的落葉不用掃！

等化身為棋子的那些葉子一一落盡，枝頭的花雲才一朵一朵各自從樹幹的絕巘中現身，像什麼傳說中顯聖的聖母，朱顏粲粲。

更遠的地方是海，我從一幢幢大樓跟大樓的狹縫中，偷窺那一小條在明滅虛實間不甚踏實的靛藍，維多利亞，海灣的名字。我跟自己說，人要知足，一片海是海，一線海也是海，看得分明是海，看不分明，還是海。有海看，不錯了，有人一世人也沒見過海。

鳥來樹上吮蜜，只不過尋常吃飯，衣著卻華麗驚人，牠是藍鵲，尾巴長長，扇乎扇乎的。小小的綠繡眼也來，樹一時竟成了眾鳥的俱樂部了。而我宿舍另一側的前廊開著柚子花，香氣襲人。這房子前有芬芳，後有豔色，日子真不知該如何過，要定心也難。不過，心不定，也能活，相對於「定心猿」，就作隻「不定心猿」吧！我原先只知此行要去作多次演講，此刻才發現我得先聽講，聽那眾家鳥族綿蠻啁啾，高妙到不知所云的那種語言。古人故事中有「野猿聽經」，其實，殊不知，「鳥」還「說經」呢！

蘇東坡小時候想必常聽「鳥說經」，才會那麼穎悟達情。蘇宅多樹，蘇太夫人又是四川眉山地區「野鳥保護協會的會長」，家裡春天都會跑來幾百隻桐花鳳，這可是珍禽，如今人稱「保育類鳥種」。我想到這裡，又寫信去成都，要了些桐花鳳的圖片，唉，花負責春色，鳥負青春聲，但漂亮的鳥卻是聲色並茂的。人呢？人只好靜坐「參春」。

我終於弄明白了，明白自己為什麼要選這個時節赴港，表面上看是乘著剛過完農曆年，學期又剛開始，正是宋詞中所說「草薰風暖搖征轡」的出發時節，但骨子裡其實是想一窺香港的春天。教書歲月一教教了五十年，雖常出國，但多是趁寒暑假，偶然也利用春假出去，但都是清明季節，春色已飽滿到行將歸隱了，早春竟沒機會一窺。此番在小小山嶺上，稍得領略浹髓淪肌的晨昏薄寒（放心，只是南方的薄寒），得嗅微含潮意的沁人肺腑的草木芳香，感知柔潤泛濕的泥土中漸漸甦醒並且蠢蠢欲動的那些動物和植物傳來的脈頻。

我在中庭裡撿了兩塊拳大的石頭，洗乾淨，放在桌上做紙鎮，房間雖小，有了鎮石彷彿一切都穩鎮了。（「穩鎮」，是港人愛用的字眼，其主詞一般是人，別的地區不太用。）日子這麼好，二戰前的張愛玲彷彿隨時仍會從山徑上走來，思考她小說中的女主角的定位，許地山則站在粗大的樟樹下，仰頭看枝椏間奔逐的松鼠，苦想殖民地香港當如何傳承中文⋯⋯

石頭紙鎮在返臺前一日，四月十三日，從案頭又放回庭中大樟樹下，借也悄悄，還也悄悄，一切彷彿沒有發生過。

2

後來，就回臺灣了，四月十四日。過了三天，把該歸檔的歸了檔，於是打算跟好友慕蓉打個電話。打電話本是小事，但兩個月不在家，我家竟然變成一棟不利於打手機電話的地方了。原因是我家東側蓋了一棟豪宅，我赴港前它尚未完工，回來時它已樓高九層，我家立刻淪入谷底。從前能看到的月色和街景也都沒了，最可怕的是我的手機也發生山行之人常遇到的窘境——它通訊不良了。因應變局，我於是新發明了一種講電話的方法，我躲到我家西側的一塊只有一席之地（二平方米）的陽臺上去打。那天我坐下，心閒氣定，在這一席的化外之地——電話接通了，但我卻突然口吃起來，我說：

「哎呀，抱歉，我不能說了，我們家……」

因為，就在此時，我突然抬頭看見我們家發生了一件事，奇怪的事——

什麼怪事？說來話長，我家自二〇一〇年底搬入目前的新房子，面積只剩從前老屋的三分之一，好在只住三人，一爸一媽一女，最怕電話來時，問道：

「教授在嗎？」

嘿，哪一個教授？本宅教授盛產，三人皆教授（噢，不對，女兒尚只是副教授），這三人，沒日沒夜，成天忙著自以為是的「事關千秋萬古」的大業。

不過，在暮春晝遲，四月十七日的這天下午，正當我和好友撥通電話坐下去之際，我看到一個李白杜甫都沒有機緣見到的異象，讓我忽然明白，誰才是這間屋子的老大，誰才在「參天地之化育」，誰才在「與千古之盛事」，我因而把那日子牢牢記住，四月十七日。

我對這日子本來就特別有感，原因是《花間集》裡有句韋莊的詞句：「四月十七，正是去年今日，別君時。忍淚佯低面，含羞半斂眉……」詞人牢牢記住一年前跟某女子告別的情事。但韋莊死了，一千年後，跟那事無關無涉的我，卻傻傻地替韋莊一直覆誦那句子。替韋莊去記住他的朽骨所不能再記住的私情。畢竟，世間男子肯為女子記得一個日子的不多，我就幫古人一個忙，替他把這數字列入我尚稱健旺的記憶庫中吧！四月十七日。雖然，由於古今用的曆法不一樣，韋莊的四月十七日跟我的四月十七日其實並不相同。

我在我的四月十七日遇見什麼呢？那時，我正撥通電話，我遇見一隻鳥，一隻斑鳩，如果鳥也分貴賤的話，斑鳩顯然是賤鳥。我遇見牠，在我家那一席大的陽臺上。陽臺，港人稱露臺，我覺得不管它承受的是陽光，或是露水，都算是房子版圖中執行「美任務」的轄區。至於秦少游筆下的「霧失樓臺」中的「樓臺」（讓梁山伯、祝英臺可以相會的地方），或茱麗葉可以獨自悄訴幽懷的「月臺」，都是令人遐思的好地方，都是劇場中可以打上特殊燈光的小舞臺。

我家陽臺比較可憐，因為又小，又位在西側。古人云「月滿西樓」，也許是綺麗的良夜勝境，但「『日』滿西樓」，在熱得死人的臺灣，則簡直是老天的酷刑。我於是想到唯一的解決之道，便是去種點什麼綠色的可遮蔭的東西，這種「蔽體」，在軍事上很重要，在「都市人」的建築來說，也很重要。

但這麼小的地方要怎麼種樹呢？而且樹要長大成蔭，你要耐心等它十年，何況陽臺上又沒有夠深的泥土，我想到了用大缽種爬藤，於是種了夜牽牛。這件事完全是受了美國女畫家歐基芙的蠱惑，她畫的夜色中的白牽牛，碩大飽滿，天真恣縱，如一無所畏的夜行俠女。可是，來自新墨西哥州的畫家筆下的白牽牛，在現實生活中我竟沒法把它養好，倒是大鄧伯藤長得不錯。唯世間爬藤，都得支撐，我便為陽臺加做了個九尺高的玻璃罩頂，光有罩頂不行，還須掛一張水平格子網，爬藤至此總算能「安身立命」了。

我自香港歸來之日，迎接我的是一缽祖母蘭（誰安排她來迎我？哈，是我自己，我離家之前，就把她放在那裡了。），另加半架綠藤蔭。祖母蘭極白極耐，花期可長達四個月，是令人生敬生畏的蘭。綠藤則是「柔弱的侵吞者」，它自有它強力的日日夜夜自我擴充的主張。

那天——就是打電話那天——我看到的奇事便是有一隻斑鳩，居然停駐在我結掛於陽臺頂部的水平網上。網孔很大，大約十五公分見方，小小的鳥兒如果直接站在上面，搞不好會掉下來，斑鳩很聰明，牠啣來許多草莖鋪在網目上，然後穩穩地把自己的寶座設在這張草褥上。

我立刻猜到牠要幹什麼了，牠要孵雛。

我後來跟行家打聽，他們說斑鳩笨，不會築巢，但我看到的這對斑鳩可不笨，牠們找到的地點，上有玻璃罩，牠不會受雨淋之苦，反有陽光可助孵化。下有粗繩網，十分牢固，不像枯枝，鳥棲其上風大時不免枝斷巢墜。此外，此地周邊且又有藤葉，可作遮蔽和保護。而且，因為玻璃罩和尼龍網之間所形成的上下距離不大，剛好夠牠這種中型鳥躲在其間抱蛋，大型鳥如果想來攻擊，是沒辦法的。為了育雛，牠們變得多麼聰明又多麼善於評估環境啊！

我把聲音壓低，囁囁嚅嚅語焉不詳地跟慕蓉說：

「我，我，我們家發生一件怪事，簡直不可思議，我們住在鬧市，陽臺上居然有鳥來做窩來抱蛋，天哪，我不能說下去了，我怕吵到牠，我怕牠嚇跑了不再回來了，那蛋蛋就完蛋了……」

「好吧，好吧，我看我們就先掛斷電話吧，小鳥的命要緊……」

事後她跟我說：

「妳知道嗎？妳那天聲音變得好特別，像小女孩，不是妳平常的聲音……」

我想是吧，我只記得我當時儘量把聲音放低，我興奮，我驚奇，我畏懼，我不敢相信自己的幸運。有一對鳥，竟然選中我家的陽臺作為牠們的產房兼育嬰室。

丈夫是讀外交的，他有興趣的事是中國近代史，而且四十年來沒完沒了地編著一本雜誌。女兒主修英國文學，常徜徉在中古和文藝復興之間的遠古而華美年代。我則趑趄在中國文學的古典和現代之間，有時也為環境保護和國文教育發聲。我們各自在自以為是的「千秋大業」中奮不顧身，但在我看到一隻孵蛋的小鳥之際，相較之下，這些學問的頂極價值和尊嚴忽然在一霎間變得有幾分可疑起來。

這屋子裡登記有案的住民雖有三個，但住在黑網上的那一位好像才更有其合法性、合理性跟合情性。

後來，聽朋友說這鳥採「公母輪流抱蛋制」，倒也有趣。另有朋友說得神祕兮兮，他說：「妳家的人好，所以磁場好，鳥很聰明，磁場好的地方牠才會來。」我笑起來——這話我是不信的，這屋裡三個住民都頗有「惡煞潛性格」，說得好聽，是「執拗」、「正義感強烈」，說得不好聽，是基督教說的「人有罪根」，本宅磁場好不好，真是天知道！而且，連「磁場」這玩意兒是個啥，我也完全不解。

陽臺近電梯，我平時出出入入經過陽臺常偷瞄牠幾眼，但都斂裳側身，悄悄挪行，很怕干擾了鳥家的「正事」。啊！說來我去香港大學作什麼「駐校作家」是不足掛齒的事，但斑鳩跑到我家來作「駐家小鳥」，才真是天大的奇事加幸事！

當然，這幸事，我也頗有功勞，我必須先準備一個大缽，放滿土，又種下綠藤，搭了玻璃罩，又找店家手編了供綠藤攀爬的大網，然後澆水，於是在我六樓的外牆上製造出一小片綠雲，終於漸能招蜂引蝶呼鳥邀蔭。

我計算小鳥出殼的日子，我甚至慎重地在日程表上記下，五月七日、八日前後要注意，可能小鳥會出殼。

終於，我聽到三隻小鳥大剌剌的叫聲，非常賴皮霸道，非常恬不知恥，聲音也極不好聽，牠們說：

「我餓！我餓！我餓！」

而公母二鳥卻如聞天音，如承天旨，乖乖去捉蟲往牠們嘴裡填。

這世上最高貴的行為應該便是像這樣的孵化或生育吧？那是多麼驚心動魄的大事業啊！唉，不管你是教師、是作家、是學者、是官員……，你都得同意，我們的工作，無非是某一種方式的哺育。

這對斑鳩，後來在七月初和九月底甚至十二月又分別來了三次，這真嚇人，我說給一位專家聽，她淡淡一笑，說：

「這種鳥，本來就可以全年生育的呀！」

另外一位朋友說：

「咦？妳認識那兩隻鳥嗎？妳怎麼知道七月和九月來的還是原來那一對呢？」

說老實話，我也不敢說一定就是原來那兩隻，但我覺得牠看我的表情似乎是熟悉的，我看牠的時候，心裡總暗暗地說：

「不要怕，我不是來害你的，我只是來澆水的，你安心孵蛋吧！這件事可真是件神聖的大事呢！你辛苦了！」

牠似懂非懂地看了我一眼，似乎要把我充分打量一番，等牠看準我是「無害類」，也就不再搭理我了。畢竟身子下方有蛋，要棄蛋而逃，犧牲未免太大。但牠的夷然的眼神，使我認為我倆應是故交。

而且，牠倆交班孵蛋有點怪，其中一隻是頭東尾西，另一隻是頭西尾東，我不免又覺得自己一定已算是牠們的舊識，因為連牠們的生活細節都摸熟了。

不過，不管牠們是一家斑鳩，還是三、四家斑鳩，牠們的哺育劬勞，都令我動容。牠們能在上不著天下不著地的繩網上，鋪起二十五乘二十五公分的產褥，然後日日夜夜輪番護巢養子，我都視為一線天啟。上帝憐我駑鈍，及時示我以萬物各生其生的莊嚴法相，讓我在垂暮之年有幸目睹這一場小小盛事，並且猶能腸烈血沸，五內俱熱。他年他月，斑鳩或再來，或不來，我都知道我所剩餘的脈溫該如何投擲。

二〇一五年七月十七日《聯合報・副刊》

朋友・身體

一記手溫

我大病初癒。

那天，她前來，緊緊握住我的手，她是韓姊妹。

她的手厚大實在，且又溫暖柔和，像種田人，又像母親。或者說像外國神父。為什麼說外國神父？是因為外國神父平均而言比較高大，手也就比較大，而且也許因為虔誠祈禱的關係，他們的手通常是溫柔敦厚的。

被她握住手的那一霎間，我先是楞了半秒鐘，然後記憶飛快倒帶。天哪，這雙手我是認識的，我向後倒退一步，大為吃驚：

「咦？不對，你是李大姊嗎？」

她說：「是啊，是啊，從前大家都叫我李大姊，就連我祖父也跟著叫我李大姊呢！」那是民國九十五年春天，我六十五歲。九十四年秋天我大腸癌開刀，事後又補了半年化療，醫生說地下室和人多之處不能去，我做禮拜的教堂剛好人多且又位在地下室，所以有半年之久沒去教堂了。那天，我再去的時候，許多弟兄姊妹都跑來跟我拉手擁抱，慶賀我大難不死。

而這位跟我握手的「韓姊妹」其實是多年舊識，從民國四十七年我參加這所教會，我們在同一間屋宇下敬拜，到民國九十五年她來跟我握手之間已有四十八年之久。但身為老中，這四十八年中我們並沒有身體上的接觸，我們不興那種摟摟抱抱的禮節。平常見了面，我叫她一聲「韓姊妹」，她叫我一聲「張姊妹」，就這樣過了四十八年。「韓」，不是她的姓，是她丈夫的姓，而說起她的丈夫，我和她之間倒有一些悲傷的交集。

是民國五十幾年，她的軍人丈夫「出事」了。「事」其實很小，只不過他被懷疑成天思鄉。思鄉，而又說出來，在當時軍中是屬「妖言惑眾」之罪的，因為可以渙散軍心。試想如果人人都想老家，都想回去，這局面怎麼撐啊！其實當時只要有個「有擔當的主管」出面說一句話，說「這小子只是一時情緒不好，並非匪諜」，事情也就過去了。但當時有這種「道德勇氣」的人卻不多，她的丈夫竟在民國五十九年被嚴峻卻又蠻悍的軍法判決槍斃了。

在「軍法審判」過程中，教會長老請我為她的狀子「潤飾一下文字」，我當然熱心從事。但現在回想起來，也真覺悲涼可笑，人家當官的有權的已決定殺人了，我們學文學的人卻在一邊努力把哀求的歌詞唱得通順和婉一點——這一切，又有什麼鬼用呢？雖然沒用，當年二十多歲的我還是努力把狀子盡力寫得好一點，以希冀億分之一的可能性。

韓太太喪夫之後陷入長期的憂鬱症，她把一個孩子留在身邊，另外二個送入育幼院，三十年就這樣過去了，孩子一直以為父親死於心臟病，而三個孩子後來都是學業和事業有成的人。卻有一天，她的兒子聽朋友告訴他說：

「報紙上公布了當年白色恐怖冤死者的名單，上面有你父親的名字呢！」

她的兒子大吃一驚，他居然是到了四十歲了才知道當年殘酷的真相。身遭白色恐怖之害的人雖不少，但像韓太太如此含隱無怨、忍辱負重的人卻極少見，其行徑我認為已略似聖徒了。我每次做禮拜時遙見她蒼顏白髮的側面，內心總有一種疼痛和尊敬，一個曾經受苦那麼多的高貴靈魂啊！一個身在市井的病弱天使啊！

而此刻，她站在我面前，因為我的病，因為我的大手術，她來與我一握手。不意這一握，我竟想起她其實曾是我生命中極重要的人，那麼溫暖厚實的手，我從來沒有忘記過。她不僅是韓太太，她其實是李大姊，這兩個人其實是一個人，而四十八年來我竟然不知！

啊！那奇特的手！狗兒可記憶不同的氣味，電腦可辨識不同的指紋，而李大姊的手自有她極特殊的溫暖、寬厚，加上誠實、質樸的觸感，是我居然相隔半世紀仍不能忘記的。

那時候，我十二歲，在北一女讀初一，年紀小小，內心卻常是悽傷的，戰亂奪去了我說不清楚的一些東西，讓我變成一個憂鬱不安的小孩。好在有點憨、有點楞，那些說不明白的隱痛也就暫時囤積在那裡。

我在這時候找到教堂，並且信了教。有一天，聚會時，她坐在我左邊，我記得她戴著極厚的近視眼鏡，穿的似乎是一件藏青色的陰丹士林旗袍（不是曲線畢露的那種，是平平直直老老實實的那種），別人都叫她李大姊，在整個聚會中她一直握著當時還是小女孩的我的手，我從來沒有被那麼暖和厚實的手握過。心裡覺得踏實安詳。

那時候，我們在浸信會真光堂聚會，但那時候真光堂還沒有蓋起來，聚會的地點是臨時的，叫「中山北路佈道所」，靠近現在的中山北路三段農安街口的福利麵包店。

她並且給了我她的地址。

不久之後我家發生了一件我自認為最震撼最倒楣的大事，爸爸要調差到南部鳳山去了。我必須跟著爸爸媽媽走，也就是說我必須放棄正在就讀的北一女，這真是禍從天降啊！媽媽為了可以安家在溫暖的南部很高興，而父親去就任步兵學校教育長也算是好差事。但誰管我的北一女呢？人人羨慕的北一女啊！

行李在打包，我家就要搬了，十三歲的我，卻在前一晚跟媽媽說：

「如果我能找到住的地方，我可以自己一個人留在臺北嗎？」

媽媽大概忙翻了，也就沒表示反對。於是，我便拿著李大姊給過我的紙條，準備去尋找她家，問問有沒有可能性。我其實根本就和李大姊不熟，怎麼敢大著膽子想去投住在人家的家裡？理由之一當然是因為我當時太小，不懂事。理由之二是因為那時代，外省人的家裡隨便塞個人也是常事，反正大家都在逃難，大家都是暫住的流浪人，說不定明天就回大陸去了，誰在誰家借住一下也不算什麼大不了的事嘛！理由之三其實是最不成理由的理由（其實那才是我真正的理由），李大姊的手那麼溫暖，她一定是個很慈煦的人，她一定會收容我，可憐的不能再讀北一女的我……

可是，我當時不知道她住的是「違建」，違建其實是沒什麼正確地址可言的。我拿著那個地址轉來轉去，在「當年臺北市的深夜」（民國四十三年的臺北深夜是九點鐘）急得要哭（我後來才弄明白，她住的地方是極樂殯儀館附近的公園預定地，也就是在陳水扁做臺北市長強制拆除而又手法殘酷，致使一位老兵自殺的地方），我跑到中山北路、民生西路口的派出所，想找警察幫忙，不料連警察也束手無策。我鎩羽而歸，認了命，第二天乖乖跟媽媽去了屏東。

唉！沒有找到李大姊的那個晚上，對我而言幾乎就是世界末日啊！

——可是李大姊並不知道那悲傷的一夜，我從此沒再見過李大姊。

其實四年後，也就是民國四十七年，我又回到臺北讀大學。這一次我又選了一個和她一樣的教會，我又跟李大姊在一起了，但我竟然不知道這位號稱「韓姊妹」的人就是李大姊。李大姊長相平凡，我沒能憑外貌認出她是我舊日認識的人，而從初一到大一，四年之間我的外形也改變了許多，李大姊也不記得我就是當日她拉過手的小女孩。

但民國九十五年春天她來握我的手，大劫之餘的，我這病人的手，所有的記憶都忽然跳接回來了，她不是什麼「韓姊妹」，她是「李大姊」！曾經在教堂後排的長凳上，一起坐著聽道的，曾握著我的手的李大姊。那時我是小女孩，她是大姊姊，她的手如柔軟卻厚實的羊毛毯子，誠懇無偽，坦直可親。從民國四十二、三年到民國九十五年，即便和千萬人觸過手，我仍能辨出她的手來，就算我瞎了，我也知道，那是李大姊的手。

我從來不知道觸覺的記憶如此頑強難滅。

憑視覺，我沒認出她來，四十八年了都沒認出來，但在一觸手之際，一切都銜接上了，這是李大姊的手。

「可是，你怎麼知道我從前叫李大姊的？」她問我。

哎，這真是一則好長好長的故事啊！從十二、三歲到六十五歲，幾乎是一生那麼長啊！我得慢慢跟她說才說得清楚哪！關於手、關於身體的溫度和柔實度、關於關懷、關於愛、關於年輕時的癡、關於北一女、關於恐怖、關於冤屈、關於命運的可測與不可測，以及關於連我自己也不清楚的人生一世……

活著，當然是一件好事，但在上帝的恩准之下，能和少年時代的一記手溫重逢，卻是更好更幽邃的神祕經驗。

我所記得的朋友的言語

朋友、情人和配偶都是以情相綰的人，但一朝緣盡情枯，也就一拍兩散各自東西，說來令人感傷。如果更不幸的，弄得反目成仇也未可知，那真是扼腕之悲了。

林則徐的詩裡有句對偶如下：

花從淡處留香久

果為酸餘得味甘

我想為友之道大概也是如此，不要太「死黨」，不要太觥籌交錯、往還密切，庶幾可以互不相傷。而且，更重要的是，要記得別人的好——不過，「好」卻有許多種，借錢是好，贈言更好，刎頸雖好，但刎頸是帝王將相或士兵俠客才會碰到的事，我們常人倒不如遇上一個幽默可親堪解一時之煩惱的朋友。

我自己暇時回味，頗喜歡細味的則常是朋友的小小言行，覺得其中深意無限。

記得是八〇年初，我去香港一遊，余光中先生夫婦和黃維樑、梁錫華等朋友告訴我，當天晚上在中文大學的邵逸夫堂有場特別的好電影，是大陸拍的林海音的《城南舊事》，這在當時是少見的「兩岸文化合作事件」，當然值得去欣賞。

我卻忽略了一件事，香港的公眾場合開起冷氣來常是非常威猛的，那天一走進現場，我立刻發現不對，但已來不及了。我當下凍得只好用左手護右臂，並用右手護左臂。

這時，初識不久的維樑說話了，他跟他的妻子說：

「你把你的衣服給曉風穿，你穿我的西裝。」

那天晚上電影十分好看，身體也十分溫暖。

肯護衛女子，讓女子不受寒的男人其實也是有的，但當著妻子的面去照護別個女人，難免讓妻子不好受，維樑真是非常周到細緻的人。他的行為既是西方騎士的，也是東方儒家的。看到婦孺有難，捨身相救，這是浪漫的騎士精神，能顧及自家人的感覺，這是孔孟「親其親」的等差，這樣幽婉蘊藉的動作真是令人難忘，雖然事情已過了近三十年了。

梁實秋，我算他為我的朋友，可說是十分僭越。他的年齡、輩分和學問都不是我能追摹的，但仗著他對我的謬愛（他在中時整套的歷代經典叢書中，只稱讚我一人的文筆，並以之跟寫《莎氏樂府本事》的英國蘭姆相比），我大膽認他為知己。而且，他身後，我一直在為「梁實秋文學獎」效勞，也可算是生死之交了。

梁先生年紀大了，難免有人慫恿他寫些文壇掌故文人八卦之類的事，相信他洩漏出來的應是信而有徵的文壇故實。梁先生卻正色拒絕：

「這怎麼可以？人家人還活著呢！」一口京片子。

「哎呀，那就只寫那些死了的呀，死了的也很多呀！」編輯緊釘著。

「那更不行了！」梁先生更正色了，「朋友死了，那就更不可以去寫了！」

這樣的對話，放在《世說新語》的「言語篇」裡也是不遜色的。

三個身體組成的人鍊

夜宿南仁湖，早上起來，我們三個人便去「赴公」了。

我們是應「墾丁國家公園」之請而來的，算是有任務，任務是什麼？任務是「玩」，外加「書寫」。

此刻我們在墾丁公園閒逛，漫無目的，清晨的公園空盪盪的，遊人要晚一點才會來，此刻四下看去只有清潔工人在那裡掃落葉。除此之外，最令人眼睛一亮的就是一蓬蓬熱帶植物那種近乎可怕的旺潑的無邊無際的生長力了：腳下的草，眼前的枝枝椏椏，空氣裡的氣根，綠到近乎黛色的葉叢，莫名其妙冒出來的薰香氣味……

忽然，在一處小山坡上，我們同時看到一個空的可樂罐子，陽光照得它十分刺眼。山坡向下傾斜，要去撿罐子看來也不是件容易的事，搞不好會滾下去，雖不至於有性命之憂，也會跌得腰痠背痛。但那罐子在草叢裡怎麼看怎麼礙眼，實在必須除之而後快，於是當下決定，由席慕蓉拉著蔣勳，我則拉住席慕蓉。三人組成一條人鍊，由蔣勳探身去撿。

慕蓉很重要，因為她要「承先啟後」，做「中流砥柱」，而我當然更重要，我如果站不穩，他倆都要完蛋。但這件事畢竟有點滑稽，我們自己忍不住笑起來，本來五秒鐘就可以做好的事，我們卻因為一直笑，一直笑，笑到五分鐘也還沒開工。

啊，這是二十多年前的事了。那時候真愛笑啊，笑什麼呢？我們笑的是，如果此刻有我們的學生走來，看我們三個平日道貌岸然的教授，三人串成一道人鍊，為的只是去撿一只不知何人亂丟的廢鋁罐，一定大為吃驚吧？我們三個人的人體構圖，想來也很狼狽古怪吧？

人一笑，手就發軟，使不上力氣，終於三人努力相勉竭力止住笑，正正經經的把罐子撿了起來，然後，才繼續笑。

不意這時旁邊走來一個老外，和他的女友。他們似乎已經站在那裡看我們很久了，此刻由那女孩充當翻譯來問我們說：

「他想問你們，你們這樣撿罐子，是公園付錢給你們撿的呢？還是你們自己要撿的？」

「我們自己要撿的，沒有人付錢給我們。」

我們回答完，又覺好笑，不覺又狂笑了一陣。唉，如果要付錢真不知該怎麼付，三個教授，應該付高價，但我們三個人才撿了一個罐子，且不認真，一路笑到底，只該付低薪，而三人合分一份工資，恐怕也沒什麼工錢可拿了。

其實，作為朋友，我們曾一起出書，曾一起赴座談會，一起朗誦，或一起去參觀畫展舞展。但偏偏我常想起的歡聚情節卻是那個早晨，霧初散，日初昇，露水漸收，在南方，在南方的鬱鬱蒸蒸的熱帶林木間，有一個不該有的醜惡垃圾，我們於是手拉手，用我們的身體串成短短一條人鍊，然後，我們處理了它，並且一路笑，一路笑，直到草坡恢復為純淨無垢的草坡。

二〇一〇年二月九、十日《聯合報・副刊》

偷春體

——竊取春天身體

偷春體。

我在紙上寫下這三個字，順手遞給一位年輕的女學者。

「這三個字，你猜是什麼意思？」

她湊近一看，微有幾分羞赧。

「哦，跟色情有關嗎？」

我笑了，果然不出所料。

「不，跟色情一點關係也沒有，這是屬於律詩的專有名詞，我舉個例子給你看，像李白的《送友人》：

青山橫北廓
白水繞東城
此地一為別
孤蓬萬里征
浮雲遊子意
落日故人情
揮手自茲去
蕭蕭班馬鳴

這就是偷春體的詩了。」

「我看不出什麼特別，不就是一首詩嗎？」

「好吧，我來解釋一下，『偷春』的意思就是偷偷跑在春天的前面，跑在春天的前面去幹什麼呢？跑在前面原來是想要早於春天而開花。誰是在起跑線上偷跑而趕著忙著去開花的傢伙？原來是梅花，他在十二月就悄悄開起花來……」

「這些跟詩有什麼關係啊？」

「律詩的規矩，在八句裡面，三句和四句、五句和六句，要各自形成一個對偶句。可是有的詩人偏要在一、二句就偷偷先對偶，真到三、四句，他反而不想對了，這種偷跑的行為在律詩的『行話』裡就叫做『偷春體』。像悄悄的偷在春天來到之前就綻放的梅花。」

「你原來是要跟我談一種屬於詩的專有名詞嗎？」學者畢竟是學者，她立刻想要探究我的本意。

「不是的，」我笑了，「我最近自己發明了另一種『偷春體』，我的偷春體指的是『竊取春天的身體』。」

「春天有身體嗎？」

「哎，春天有沒有身體，我也不敢十拿九穩，這件事值得來開個辯論會。在我的思維中，春天的身體應該藏在小小的樹苗裡。」

「是嗎？所以說你就偷了小樹苗。」

「對，春天，我一個人在深巷裡走，見到有些小樹苗從磚頭縫裡或水溝旁冒出來，它們大約只有我的小拇指大，卻青翠欲滴、渾然天成。它們多半是榕樹或雀榕。這種樹真是神奇，你看它那麼小，真要拔它居然五棵裡有四棵是拔它不動的。」

「你去拔這種不值錢的東西幹麼？」

「大概是由於絕望吧，春天的美是如此垂天而下、浩蕩無邊，是如此不可奪不可褻。可憐的我走過春天能有何獲？它那千秋萬世的不絕生機於我何益何增？我只好偷取一棵牆角磚縫裡寄生的小樹苗，並且將它移植在小缽裡，這樣我就算大功告成，竊取了一小塊春天的身體了。較之盜火的希臘神祇，我想我的盜樹行為是聰明多了。」

「這個『偷』，合法嗎？」

「我起先也想過這問題，所以遲遲沒下手，不料，有一次，看到牆角水泥縫隙裡有一株雀榕，那天我趕著去開會，心想等週末再來，可是，週末再去時，我發現屋主大掃除過了，沒留下一片綠葉，我才知道這東西對某些人而言，是『除惡務盡的垃圾』，這以後，我就『偷』得很安心了。」

「那小樹苗後來種活了嗎？」

「當然種活了，它是春天的青鬢或鬚眉，它是春天的身體，所以，它是有法力的呀！只要一小撮土，它就幻化成一座微型森林給我。春風和人間，轉眼一拍兩散，但小樹是春天結的青筋，至今仍在我的案頭舒活呢！」

不過，這件事整個過程中最興奮的部分，當然不是我種活了一棵小樹苗。那個，到花市、到大賣場都可以便宜買到。最快樂的是古人曾用過的一個專有名詞，現在沒人用了，我於現實生活裡卻用了它，並且給了它一個新的定義。

有人收藏過情人的髮縷或指甲的嗎？我收藏的卻是一塊向春天偷來的細胞，它為我挽留下的是二〇〇八年一去便永遠永遠再也不會回頭的春天。

二〇〇八年十二月二十二日《聯合報・副刊》

我搶下了一缽花

——寫在退休前

民國九十五年三月，我走在長巷裡，薰風徐徐吹來，隔壁人家的杜鵑花開得紫漾漾的，這屬於春天的小動作讓我稍稍錯愕了一下。雖然，陽明山的一春花事幾乎被杜鵑搶盡光彩，雖然，那漫山噴薄而出的華焰總令人想起陽明山的火山身世，因而以為花開竟是另一種面目不同的火山爆發。曾經熱熱的熔岩熄了，如今噴出的是一蓬蓬妖豔的花叢。看過那種大陣仗之後，相較之下，開在小巷花盆裡的杜鵑就該不算什麼了，但我仍然忍不住驚動。

驚動的理由之一是去秋剛割了腸癌，而此刻能看到今春的花局，實屬幸運的意外，我是個「被抓回來看花的人」，不免心中暗自感激。

驚動的理由之二是因為這盆花和我有點因緣瓜葛。四年前吧？有家人搬走了，房子有了新主，新主第一件事便是出清廢物。而所謂廢物，包括一些舊主人遺棄的花花草草。

我當時剛好經過，看到工人正打算把這個大盆給抬到運垃圾的車上。「喂，喂，喂，你們幹麼呀？」

「我們來清垃圾！」工人忙進忙出，不太理我。

「垃圾？可是它是杜鵑花呀！」

那時候是冬天，杜鵑只有綠葉，可是我認得它，它分明是杜鵑，它還有更好聽的名字，例如山躑躅、映山紅、紅躑躅……我來不及想了，這花立刻就要絕命了！

「人家出錢請我們搬，我們就搬！怎麼？你要嗎？要就快拿走，我們要發車了！」

我楞楞地站在那裡，不知如何是好，不搬嘛，它立刻就是廢物，要搬，我哪有本事。花盆直徑大約四十公分，裝滿土，夠重的。但我一時也顧不了，只大吼一聲：

「我要！」

「好，你拿去！」工人把花盆往旁邊一推，很高興少了一些負擔，立刻發車揚塵而去。

我叫來家人，慢慢把盆子在地上拖著走。

「你在想什麼呀？」家人抱怨，「我們家住四樓，又沒電梯，你到底打算做什麼呀？」

我要做什麼？唉！我哪裡知道我要做什麼！我只是看不得杜鵑花被人當垃圾處理。這恍如俠士救美人於劍下；當時事急，只得如此。而救完之後，我何嘗不知道也很麻煩。

好在我當下立刻做了決定，去按我家隔壁一樓的門鈴，他們是家建設公司。

「這盆杜鵑請你們放在門口好嗎？很好養的，只要稍稍澆點水，春天會開很漂亮的花哦！」

我拚命為這盆花說情，主人居然點頭了。

緊接著，春天就來了，我急巴巴的想看一次花之奇蹟，它果然開花了，我發現自己像多管閒事的媒婆，既包結親，也包生養，我悄悄在內心高呼：

「喂，喂，你們大家知道嗎？這些花寶寶全是因為我做媒，才生下來的啊！你看，你看，它開得好好的，怎麼會有那種壞蛋竟說它是垃圾！」

花沒有什麼反應，只一逕沉沉實實的紫在那裡。

●

今年六月，我將走下執教的壇座而退休了，學校在惜別會上要我為此刻說幾句話。其實，我已經說了四十四年，並不需要再說什麼了。正如演唱會已畢，樂符紛紛各自停佇在它們喜歡停佇的地方（或在高亮的橫樑上，或在某人的心之低谷），哪裡還需要再說什麼呢？

如果真要說，也只是，我很滿意，我曾撿到一缽好花，我不忍看到華美墮入泥滓，聖像打入溷穢。那些經史子集，那些詩詞歌賦，哪樣不雋永絕美，令人心疼難捨，而我，只是在某種環境裡逆勢操作，企圖挽救什麼，又企圖分享什麼的人。

我的平生是幸運的，因為在最承平的城市裡，繼承了難得的，來自古代的豐厚遺產。並且在我最璀璨完美的年華，及時傳給最聰穎俊彥的孩子。更好的是，跟金錢不同，因為，傳了半天，我自己仍然擁有。

二〇〇六年六月十五日《聯合報・副刊》

榮花女

——阿芙蓉花的神話

很久很久以前，有一個女子，名叫榮花女。

世間所有的女子裡，再也沒有一個女子同她一樣美麗。天上的仙女見了她都會把頭低下，地下的百花遠遠看見她也都轉過臉去，不敢跟她相比。

榮花女嫁了丈夫，她的丈夫便不肯再去田裡耕作。

早晨，榮花女洗臉，他就在一旁呆呆看她的臉，看來看去也看不足。

榮花女梳頭，他就呆呆地看她的頭髮，看來看去也看不足。

榮花女穿衣，他又呆呆看她的身體，看來看去也看不足。

榮花女回頭驚道：

「丈夫啊，你這樣一天一天，不肯到田裡去工作，怎麼行呢？」

她的丈夫說：

「我也想去工作啊，不然我們吃什麼呢？可是我的眼睛離不開妳啊！我成天看妳都看不足，我怎麼能到田裡去呢？」

榮花女說：

「你去吧，我有辦法讓你在田裡看到我。」榮花女燒木成炭以描髮，研花為汁以象頰，畫了兩張自己的像。一張放在田的西邊恍若真的榮花女，一張放在田的東邊也恍若真的榮花女。她的丈夫犁田的時候，向東犁，看到遠遠有榮花女在，向西犁，也看到遠遠有榮花女在，從此以後，他又高高興興天天到田裡去了。

忽然有一天，吹起了一陣狂風，榮花女的像給吹跑了一張，她的丈夫跟在後面追，但風勢太大，他追趕不及，那張像就一直吹到皇宮裡。

皇帝撿起一看，立刻又喜又怒道：

「世間竟有這樣美麗的女子嗎？為什麼我從來沒有見過，她是誰？快把她找到，帶來給我。」

皇帝的侍從立刻到各地去搜索，他們訪遍各地，終於在田畝上看到另外一張一模一樣的畫像，並且看到榮花女的丈夫。他們尾隨著她的丈夫，終於把榮花女找到。

榮花女不肯跟他們去，但來人不由她分說，便把她劫去。榮花女到了皇宮，但是皇帝的金銀珠玉她不肯穿，皇帝的美酒好飯她不肯吃，她說：

「我的丈夫如此愛我，我還要嫁皇帝做什麼呢？」

她於是趁人不防，又偷偷逃回家裡。

可是皇帝的人馬，又來將她擄去。

榮花女知道逃是逃不了的，她非常悲傷，她想：

「世上再沒有男子像我丈夫一樣愛我了，他現在不知如何傷心，我因美麗，害他如此，活著又有何意思？」

於是榮花女不吃不喝，終於死去。

榮花女的丈夫把她埋了，並且呆呆地坐在墳頭守著她，像從前新婚時一樣，他不吃不喝也不去工作。

白天他在墳前，夜晚他也在墳前，榮花女的音容笑貌彷彿仍在他眼前，他看來看去也看不足，他想來想去也想不足。

過了二十餘日，人人都看出來，他快要死了。

這天晚上，他仍然睡在墳前，在朦朧中，他又見到美麗的榮花女，榮花女說：

「丈夫啊，人死不能復生，你要好好保重，去吃去喝去工作吧！」

榮花女的丈夫悲道：

「可是我離不開妳，我在這裡比較可以想見妳的容貌啊！」

榮花女道：

「你想見我，我有一個辦法，明天清早太陽升起時，你注意看我墳上，會開出一朵美麗的花來，花落結子，你就拿刀劃開那果子，果子有漿，你把漿吃下，就會見到我了。」

榮花女的丈夫乍然驚醒，才知原來是一夢。

他苦等天亮，不料太陽一現，他果真見到墳上迎風開了一朵血色大紅花，世間百花中沒有一朵顏色姿容如此美豔的。

過了不久，此花果真花落結子，榮花女的丈夫取刀刺皮，果得漿汁，榮花女的丈夫便把漿汁食下。然後，他等著看榮花女現身。

可是他等了又等，榮花女沒有現身。

他再食漿汁，榮花女還是沒有現身。

他把漿果刺透，吃了更多的漿汁，仍然看不到榮花女。

更奇怪的是，本來，他在苦想榮花女的時候，還可以恍恍惚惚地看到榮花女，而現在，他連恍惚中也不見榮花女了。

而且，每服漿汁的時候，他的心彷彿傷口來結疤，他也不再想念榮花女了——不想榮花女，使他又活了下來，他心裡卻覺奇怪：

「我原是為見榮花女才吃漿汁的，現在吃了反而不見她，也不想她了，這是怎麼回事啊？」

他想來想去想不通，便順著花莖往下挖，一挖挖到底，才看見這株花原來是從榮花女的心口裡長出來的呀！

他終於明白了，榮花女的一番話雖是騙他的，卻是出自真心的好話。榮花女知道丈夫如果一直不忘前情，一定會悲傷而死，所以她把一顆心長成一棵花，讓他吃了以後就什麼都忘記了。她何嘗想讓丈夫忘記自己，但是他再不忘記就會死，她也是無可奈何啊！

這便是阿芙蓉花的故事了。

世間不悲傷的人不會想吃阿芙蓉的漿汁，可是那些不趕快忘記悲傷就會死去的人，卻只好一直吃那種漿汁了。

後記

這則故事，是我在泰北荒萊中行山路時，從一位白髮老婦人那裡聽來的。初聽時倒也沒十分注意，不意愈聽愈驚動，恍若本來是揭衣戲淺水的，竟而忽然跌入汪洋，怎能不一時掙扎惶急，心血如狂濤。

這是民間流傳的鴉片煙由來的故事。但此故事是從中國人抑印度人（鴉片原產地）而來，則為我說故事的人亦不知道。

民俗故事往往就是能如此一針見血，直指心性，把事象中最精微處都說出來了，我記述的時候，盡量保持原敘者質樸的語言。

世有大苦，吾人心之所繫，或成血淵骨嶽；吾人情之所鍾，每每橫遭劫奪。強權凌逼孤弱，人命賤如草芥，無可如何之際，上焉者或以大智慧得自度，中焉者則忽忽如狂，下焉者唯有自酖自溺直至於死。此故事以恕道論天下吸毒之人，其間有悲憫亦有抗議，令人擬想，不知第一個敘說此故事的人，是不是也有其難以言述的大悲痛和難以遏抑的大不平呢？

後後記

榮花女的故事是我三十年前初旅泰北時聽來並記下的，現在略作修改、付梓發表。此處，並再補充記錄當年那老婦人添述的一段話：

「鴉片，是從榮花女的心頭長出來的，不過，從榮花女的陰戶裡也另長出東西來，那就是香菸的菸葉。這就是為什麼直到現在，抽香菸的人抽完了都會去吐一口痰的原因了。」

我當年記述此文時是四十歲，這段情節有點不好意思記下來，便自我查禁了。現在七十歲，覺得寫寫女體也不算什麼，所以又自我解禁了。畢竟，民間故事宜忠實記錄，才能存其真。

此外，和關心這故事一樣，我也念著那說故事的老婦人。泰北漫漫的黃泥山路上，那天，清風拂面，陽光意外地柔和，老婦斑髮卻清健，我不認識她，她自己跑來講故事給我聽。她折一枯枝為杖，走路的速度不比我慢，說起話來清晰平靜，絕對不戲劇化，她是一個多麼好的敘事者啊！她告訴我路邊坡地上長的東西叫番麥，我嚇一跳，原來雲南人（泰北華人多來自雲南）叫玉米也跟臺語一樣叫番麥，可惜當時沒有留下她的名字，也不知她還在不在人世。對我而言，她是一個仁慈的天使，她施捨給我一個故事，而一個故事，是多麼豐富無窮啊！

二〇一二年一月十三日《人間福報．副刊》

他年的魂夢歸處

——記陽明，我優游其間三十六年的學校

陽明大學簡史

國立陽明大學，是一所以醫學、生物科技、生命科學研究為主的研究型國立大學，前身為一九七五年設立的國立陽明醫學院，一九九四年改為現名，設有醫學院、醫學技術暨工程學院、生命科學院、牙醫學院、護理學院及人文與社會科學院等六個學院。現任校長梁賡義。

陽明大學校歌（曉風作詞　陳建台作曲）

烏尖連峰旭日東昇，
唭哩岸上萬木含春；

窮究生老精研病死，
今日新苗他年杏林。
軍艦岩頂振衣千仞，
神農坡前際會風雲；
仁心仁術服務人群，
犧牲奉獻澤被全民。
大哉陽明，大哉陽明，
探生命源，立天地心，
慎思明辨，真知力行，
以傳聖賢薪，用證萬古情。（註）

楔子

我一個人站在一列大岩石旁邊，岩石有一層樓那麼高，表面是沉穩的灰黑色。然後，我看到我身邊還有另一個人，這人，是我的丈夫。這件事，發生在民國九十四年底，九十四年底的夢境裡。

場景我極熟悉，這是我教書的學校，這座山上全是這種岩石，而夢中那塊岩石位在第一教學大樓的西側，靠近通識中心的東側。這種石材叫唭哩岸石。

夢裡，我很驚訝，我問丈夫說：

「咦？你怎麼跑到我的學校來了？」

所謂我的學校，是陽明大學，不過我更喜歡它從前的名字——陽明醫學院，老實素樸，幹麼趕時髦去升格作大學？

丈夫回答我說：

「我來幫你收拾辦公室！」

夢中的我更驚訝了，口裡沒說，心裡卻一直轉念，奇怪呀，這個人怎麼會來做這件事？平時一週之中週末的晚上教他洗一次碗是可以的，教他到我的辦公室來幫忙收拾，那是他絕對不可能答應的事。當然，反過來說，我也不會賢慧到跑去為他收拾辦公室。

夢中的我想到這裡忽然心轉淒涼。我想，啊，我知道了，一定是我死了，我現在已是鬼，而他，不得不來幫我處理辦公室裡的遺物。

就在此刻，我醒了。

那時候，我剛發現患了大腸癌，正要安排開刀。我自己圓夢說，這大概是表示我內心仍有恐懼吧？畢竟，死亡，是多麼奇怪又陌生的題目啊！

夢醒後，我很好奇，自己變成鬼以後為什麼不去魂遊八方，享受一下不再為肉體形質所拘限的自由？反而巴巴蹭蹭的跑到學校去。學校，才是我這一生魂夢所依歸的地方嗎？

我怔怔不知怎麼回答自己。

我把夢說給丈夫和女兒聽，女兒聽了立刻抗議說：

「啊喲！你怎麼變成鬼也要先跑回學校去呀？」

唉，我自己也不解，從六歲起到此刻，我從來沒有離開過學校，如果我的魂夢會不小心跑到學校去，這種事，哪裡是我擋得了的呢？

沒有醫生要下鄉

那是民國六十四年的春末夏初，韓偉先生打電話給我。

「你今天晚上有空嗎？我要去你家看你。」

他是我所欽佩的人，但他「那件令人欽佩的事」其實說來也頗令人傷感。原來他因成績優秀，考上了公費留學，既是公費，依契約，學成之後自當歸國服務。不過那年頭是五〇、六〇年代，國內生活條件和研究條件都不好，所以一旦放這些優異分子出國，他們就留在美國不肯回來了。韓偉其人因為一向磊落誠實，覺得當然非回國不可，由於「眾人皆留我獨回」，所以在當時差不多變成「怪事一樁」，他回國之日，居然上了報紙，變成新聞了。

此人來找我做什麼呢？

「今天早上經國先生召見了我——」

「唔——」

「他說，他要辦一所公費的醫學院，他說，鄉下人生病很可憐，沒有好醫生。合格的醫生大部分只肯留在城市裡，現在來辦一間公費醫學院，學生免費讀，讀完了以後就要接受分發，到邊遠地區去服務。」

「我接下來會跑去美國勸一些學者回來教書——但，在這之前，我想先請你答應我，到這所新成立的陽明醫學院來教國文，醫學院的人文教育也是很重要的。」

「你給我三天時間考慮一下。」

啊！要不要去呢？這院長有學養，有擔當，有理想，會是個好主管。而醫學院學生的素質又是眾所周知的優異。但我已在母校東吳大學中文系開著我心愛的課程（更年輕的時候，這種權利是沒有的，那時候常撿拾人家不肯開的課），如果離開東吳中文系，我就注定脫離「正軌」了。我在醫學院教國文，再怎麼教，也只會是個「非主流」，我要去嗎？

不過轉念一想，「非主流」也有不少好處，可以沒有人事或行政的壓力，不會捲入不必要的是非，可以我行我素，倒也自在。

何況打算聘請我的是一個極有醫學教育理想的人，大家一起，從一塊磚開始搏鬥，真也是人生難得的好因緣好際遇啊！

三天後我答應了韓院長，電話中他很興奮，說：

「太好了，我發出我的第一張聘書了！」

那年頭沒什麼三級三審，憑的就是一句話。經國先生選韓偉，或韓偉聘老師，都是「一句話！」。現在聽來雖十分詭異，但當年那種「一句付出終身」的痛快淋漓是多麼令人發思古之幽情啊！現代主管流行的說法是對應徵者說：「來件敬悉，本系擬於×月×日進行初選，屆時如獲通過，會請助教告知。」此後當然又是囉囉嗦嗦的三級三審。而主管不必識人拔人，只需在會議中做個主持人就可以了。

韓偉另有一事令人難忘，他在任時，每到暑假發新聘書，他總是親自到辦公室來。見了面，鞠了躬，親自雙手奉上（是名副其實的「禮聘」），並且說幾句感謝的話。韓院長謝世後也許學校變大了，聘書則或用郵寄或塞在辦公室門縫下，或由助教轉交了。

吃飯和解剖，都擠在那一棟樓裡

韓院長治校嚴謹且以身作則，初期的陽明其實像一個大家庭，第一屆學生只招了一百二十人，宿舍還沒蓋好，大家住在唯一的一棟大樓裡，男女生宿舍也在一起，中間隔個木板，簡直比美美國大學宿舍經過鬼鬧學潮以後才爭取到的那種「男女比鄰宿舍」。但在那個純真年代，同層宿舍，同學相處也只如手足。

那棟樓是石頭蓋的，莊嚴敦實，大家上課在其中，上班在其中，吃飯在其中，開會在其中，泡大體和解剖大體也在其中。反正，你想不跟別人熟也難，成天走來走去都會碰到老師或同學。三十年後同學會，首屆畢業生無不懷念那段親密歲月。唉！現在大家擁有的空間大了，可是在甲大樓上班的人和在乙大樓上班的人很可能老死不相往來。

我們的學生，救活了

創校初期有個同學在榮總（那是同學的實習醫院）為肝病病人打針，不小心針頭戳到自己，得了猛爆性肝炎，一時全校的人，心都抽起來。除了各自禱天之外，院長要求榮總「不計代價全力搶救」，同學凡能捐血的都捐了血，希望能把這同學整腔的血都汰新。啊，後來得知他痊癒時，大家是多麼欣喜若狂啊！

但就在同時，有另外一家私立醫學院，有位同學得了同樣的毛病，似乎因為當時他的父母旅行在日本，沒人為他簽字，病情一耽誤，便死了。學校裡有個能頂住事的大家長，真是好。

學校裡有位教授書教得不錯，卻被補習班延聘了，那時各醫學院都開始流行設碩士班和博士班，臺灣又流行補習，連考博士也自有人教你怎麼考。這種師資當然難求，所以薪水大約是正規大學的六倍。但此事讓韓院長知道了，他毫不容情，只問：

「你要選哪一邊？」

那位老師選了補習班。

所有的學者，不管多權威，發聘之前，他都有約定，其中包括不賭博、不在校抽菸。他的理由也很有意思，他認為這些學生將來都是醫生，醫生會勸病人別抽菸，所以醫生自己就不該抽菸，因此醫生在醫學生時代就不該抽菸。而做學生的既不該抽菸，教授卻抽，這怎麼說得過去？

有些教授大概認為這保證只是個形式，偷偷抽上幾口誰又知道？不料後來竟頗有幾人為此離職。

那年頭在臺灣美國自由主義很當道，而董氏基金會還沒有辦法來杜絕公共場所的抽菸行為，韓院長竟常常挨罵。連他去世之日，也竟有某報紙的社論認為他禁菸的作風過分。我當時心中十分不忍，打電話去跟那位雅好音樂的張姓主管請求一點公正的論述。他的答案竟是「社論又不是新聞，沒有更正的必要」。如今那家報紙已歇業，張先生也已因肺癌早逝，反而是韓偉「公眾場所不見菸」的理想在世界各先進國家都在執行。

依照制度，教授做若干年後有一年可休假，那一年，韓偉也沒閒著。他一跑跑到極南方的恆春，在那裡看診行醫起來，他說：

「既然教學生下鄉，自己就該先下！」

桂馥蘭馨

前些年，鬧 SARS，我的心不免緊揪，因為在第一線上拚命的多是我的學生啊！電視上看到璩大成願意受命赴和平醫院（當時指定的防 SARS 醫院）幾乎淚下，但口裡卻笑起來，說：

「啊喲！這傢伙，幾年不見，怎麼變得那麼白了呀！」

他在我班上的時候是個黑黑高高英颯逼人的豪氣少年啊！但白歸白，中年的他此刻跳出來，單刀赴疫，仍然是豪氣少年的作風。

陽明不甚有美景，像臺大之有溪頭，唯一可觀的是俯瞰關渡平原，再過去，就是遠方觀音山的絢爛落日了。春天有梔子花和相思樹的香息，秋天有臺灣欒樹的黃花和紅果。不過，這一切哪裡抵得上佳秀子弟日日茁長，終成其為桂馥蘭馨的美景呢？

有一年，在周穎政同學（他現在已是陽明公衛所的所長了）的邀請下參加了陽明暑期服務團隊，去到四湖鄉。那時早期學長徐永年已在當地行醫，他開著輛老車四處去了解鄉民的病情。我跟著他走，走到某家老宅上，院子裡有一只不用的老甕，我教他試試看去要，他去了，老人家看是「醫生的老師」想要，就立刻許了。我回來洗乾淨，放在學校通識中心的長廊上，插上些枯枝，作為一景。不知道的人看它只是一甕，對我來說，它卻是早期畢業生上山下海為老農老圃治病的一番念記。

二〇一一年七月五日《聯合報・副刊》

註：這校歌的歌詞其實不算我作的，頂多算我組裝的，陽明原有校歌，是第一任院長韓偉所寫，後來的學生想改，便有人各撰了句子，我把舊校歌加上學生的新句子，重新湊成。其實我自己還是喜歡舊歌的詞和曲。

這些芒果，是偷來的嗎？

「哼！一定是那片紅騰騰的焚天烈地的朝霞把我吵醒的！」

這是我的結論——否則，我是不可能在凌晨五點半就醒來的。醒來四處查看，緝拿吵人的元凶，但丈夫和女兒都睡得好好的，走到東窗口，看到朝霞狂燒，便一口咬定就是它了。

剛醒的我，矇矇楂楂（這個怪句子，是廣東話），穿過書廊，走到廚房。照例，也不知是誰規定的，一天，總是從燒一壺開水啟碇。

可是，且慢，這放在廚房案頭的是什麼？呀！是芒果！我昨天傍晚，穿過長長的島嶼，從南部屏東帶回臺北來的芒果。好水果都是沉實的，我無力多帶，只帶了十二個。

此刻，這十二顆芒果正郁郁馥馥散放著香氣。我忽然想起，也許錯怪朝霞了，說不定，把我吵醒的是芒果，芒果暗度的逼人香息，害得我睡不穩。

我猶疑了一下，放棄煮麥片為早餐的常規，動手剝起芒果皮來。芒果甜熟微酸，是上帝賞給熱帶人民特別的優寵。這種芒果一般人叫它土芒果，像土狗、土雞、土豬、土芭樂，凡有土字的動植物都是好東西。

我一面吸吮咀嚼那金色的甘芳，一面流下淚來，吃一隻芒果有那麼值得傷感嗎？唉，我真不知要怎麼說起……

我家，因父親的關係，自民國四十二年至民國一〇四年擁有一棟眷舍，我們在其間生活成長。然後，父母相繼棄世，我們必須還屋。把這棟曾在狂風驟雨之夜與我們相依為命的房舍繳交回國防部。住了六十多年的老屋，當「上面」告訴我們說，它不是你的，你卻只能接受，只能乖乖搬出。

因為，你不曾付錢買下它，你不擁有「所有權」。

而這芒果，就是我跑到屏東故宅——那棟不再屬於我的故宅——中去摘來的。跑三百公里去摘十二顆芒果，這是神經病才做的事吧？

我流淚，是因為我到我自己的老家去採芒果，但，嚴格說來，我的行為已算「偷竊」了。因為房子既已經由國防部轉給了市政府，那麼前院的兩棵芒果樹也就給沒收了，我在我父母照顧成長的芒果樹上採了十二顆芒果，居然是一件疑似竊盜的行為。

土地，和土地上的東西，究竟屬於誰呢？

東德劇作家布萊希特在《高加索灰欄記》中討論土地正義時，認為土地只屬於愛土地、耕作土地的人，但布萊希特是文學家，法律上卻只認定房地產契約書。而我們手中沒有契約，有的，只是刻骨銘心的六十二年的生活的記憶。

然而，生活和記憶，在俗世的眼光中是不算數的。

吃完一顆芒果，擦乾淨手，也擦乾淨淚。這是故宅院子裡西邊那棵樹上的，東邊那棵比較老也比較大，但西邊這棵因為年輕，生產力也算旺盛。從前，母親身體安祥時，芒果季節我們若未回家，她常會打包寄來臺北。

「臺北沒芒果賣了嗎？你就不能省點心嗎？」

父親咕咕噥噥，然而母親還是照寄。

這世上，有什麼是永恆的呢？

你以為那樸素的木造瓦舍是永恆的，你以為戶口名簿上你的名字和那地址綰合在一起是永恆的，你以為背熟了什麼路、什麼巷、什麼號以及電話號碼就不會把自己走丟……。

「菩提本無樹」，菩提明明是一棵樹，怎麼好端端的居然又不是樹了？（這一點，連大學者陳寅恪也參不透。）只因時過境遷啊！

菩提樹可視作偶然撞到高巖絕壁上的美麗浪花，在半秒鐘之內完成其旋開旋滅的過程，所以只算「一時幻象」，而芒果樹也是如此。我看著它的生發，它的成長，它的歲歲年年的佳果紛垂……，而它也看見我，和我的家人，成長、衰亡、和新枝椏的又復冒地而生，而昌旺。

今朝晨涼中，趁我齒牙猶健，鼻舌尚敏，我來啖我昔日故園中的果實，來重溫我猶暖的對雙親的感念，我在傷逝的悲悵中亦自有其灑然。

假如我必須為我的被解釋為「偷竊」的行為坐牢，我也甘願。

放下六十二年身心依傍的故居，雖然不捨，但，世間萬物哪一項是能扛在肩頭帶走的——在大限來臨之際。既然如此，割捨就割捨吧！萬品萬類，本來就無一我屬。放下原來就不知算是誰的東西的東西，不能算為損失。

舌齒之間，芒果的天香若有若無，在人世諸多幻象中，我暫且重溫這一小剎那的淪肌浹髓的真實。

二〇一六年十月《明報月刊》

丁香方盛處

長夏漫漫，我的朋友去了遠方——我也是，我們輪流在對方的生活領域中缺席。她不在，我當然也活得好端端的，卻總覺得生活裡缺了一角。其實她在這個城市的時候，我們往往一個月才通一次電話，這種交情，豈止是「淡如水」，簡直是淡如清風，淡如氣流——但它卻仍是有其力道的。

終於，她回來了，我也回來了，她興奮地跟我說起遠方的詩人之聚：

「哎，大會進行到後來，出現了一位俄國小老頭，（唉！我想，這俄國詩人，要活過二十世紀，可也不容易啊！他的名字叫庫什涅爾．亞歷山大。）他一開始朗誦自己的作品，我就立刻迷上他，這一趟行程真是太值得了！那詩人是這樣唸的：

在丁香花盛開的時候

美麗的樹影投在地面
樹下，鋪上一張桌子
此時此刻　對於幸福
你還能再作什麼更多的要求呢？

我聽了，立刻技癢，當晚就將之轉譯成舊體詩，正確地說，是貌似舊體卻又不太守規矩的舊體：

丁香方盛處
清影瀉地時
隱（註）几花下坐
此心復何期

舊體詩其實頗有毛病，不管你是哪國人、哪族語，一經翻譯成舊體，就都成了老中在講華語，立刻失去了生鮮的異國情趣。但我卻又覺得，非如此不能成其節奏和韻律——雖然，我也有點小小不老實（例如「瀉地」，是原作者不可能用的），而且，我也只節譯了一段。

翻譯者常如代理孕母——但跟真的代理孕母不同，身為代理孕母，放在子宮裡的是人家的「受精卵」，而翻譯者拿到的卻是人家已經生出來的「活孩子」。翻譯者要硬生生地把孩子塞回產道再生一次……不過，無論如何，代理孕母也分享了一些創造的喜悅。

我想，我有權利，為我自己一人，來做一次供我個人閱讀的翻譯。雖然，我不懂俄文，但我多麼想用我自己的腔調，去體會俄國雪原上春暖花開時的喜悅和感悟——我用的是百年前林琴南（林紓）式的翻譯法，他並不認識任何一種外國文字，卻膽敢靠別人轉述而譯了英國的、法國的、義大利的、西班牙的……作品，而且居然極受讀者歡迎。

以前，我沒見過丁香花，以後，也未必有機會見到。但不知為什麼，卻也不覺遺憾。生命中有許多好東西知道它在那裡，或，曾在那裡——就好了。難道你會因為沒見過唐朝美女楊貴妃而悲傷遺憾嗎？我既然見過桃花、梅花、梨花、杏花和橘子花、柚子花、櫻花、紫荊花、桐花、杜鵑花、油菜花、流蘇花……那麼，尚未見過丁香也算不得不幸福。

舊詩詞常喜歡把「時」「空」因素加在一起而自成新情境，如：

杜甫的「竹深留客處，荷淨納涼時」；

邵康節的「月到天心處，風來水面時」；

陸游的「十里溪山最佳處，一年寒暖適中時」；

史達祖的「臨斷岸，新綠生時，是落紅，帶愁流處」。

我也沿襲這種美學而譯其句為：

丁香方盛處

清影瀉地時

在「這個時刻」、在「這個地點」、加上「這個我」，不就正是種種交集悲欣的場域嗎？些許激越，些許不悔，些許低迴，些許淒涼，些許沒理由的昂揚自恣……

總之，願丁香花——或任何花——年年歲歲，花盛如斯。

二〇一五年十二月《明報月刊》

註：這個「隱」，不解作「隱居」或「隱藏」的「隱」，是指「依憑」，作者在另行詩中有「依桌而坐」之句。

輯二／莎小妹和蘇小妹

幸福事件

——談瘂弦的聲音

有一本書，叫《麻衣相法》。

大路旁的煙塵裡，常有相士枯坐，一張大大的、畫了五官的無趣臉孔懸在後方，他等待顧客上門，來向他們請教隱藏在自己眉、眼、鼻、額間的人生的凶吉悔吝和富貴窮通。而相士的根據便是那本《麻衣相法》。

古人似乎相信，一張臉孔的視覺結構，意味著性格和命運。或者說，古人幾乎把眉毛多長或鼻子多寬看成是上帝安排的密碼，善於翻譯這密碼的人便可以輕易斷出一個人的弟兄手足的存歿或家產的虛實起落。

然而，我是不太信這套說詞的，特別在整型業如此發達的今天。

我卻相信另外一個東西，我相信人的性格隱藏在聲音裡，可惜世上沒有一套叫《麻衣聲法》的書。

《史記》上提到秦始皇，說他「豺聲」（其他的書上也提過這種奇怪的聲音，主角卻另有其人）。豺怎麼叫，我沒有聽過，卻憑想像已覺心寒，想來是一種慘刻寡恩令人驚悚的聲音。《左傳》上說，連嬰兒的哭聲也都可以預示出那種冷酷的性格。

臉型可以改變，膚色可以塗抹，眉目可以修飾，表情可以虛誇——當然，聲音也可以作偽。但不知為什麼，我覺得一般人在視覺上用臉孔騙人的手段比較高明，用聲音撒謊，卻不容易裝得那麼像。

我還是比較相信聲音。

一個人的學問、一個人的涵養、一個人的性情和天真、愛憎和渴望、正邪和敬慢，都藏在聲音背後。如果我是大天使長，我會告誡眾天使，不要太注意看人類的臉，要注意聽人類的聲音。這樣，他們才能找到該去幫忙的好人。以及，該去懲治的壞人。

據說，好姻緣是修來的。那麼，依此類推：好家庭、好相貌也是修來的。當然，好聲音更是修來的，是用幾世幾劫的深情修來的。生有好聲音的人可能曾是一位善良的歌手，也可能曾是一隻枝頭的黃鸝，或者是一個快樂的跟孫兒講故事的老祖母……

我的朋友中每有些聲音極迷人的，像席慕蓉、像馬國光、像蔣勳、像瘂弦……

所謂好聲音，對我而言，其定義如下：

一、溫柔善良。

二、因渴望去告訴別人一件事，故而說得真切質直。

三、凝注的眼神。

四、在包容和喜悅的語音中，隱隱有些生命的創痛藏在某個不為人知的處所。

五、歷史的滄桑。

如果用上述的標準去衡量，瘂弦的聲音無疑是最迷人的。因為他包紮傷口包得最技巧最不欲人知，他的滄桑較年輕一輩當然更深沉，更淒婉有致。

如果有前世，瘂弦前世作了什麼好事才會擁有這麼好的聲音呢？

（當然，連前世，我也是不信的，我和瘂弦都是基督徒。）

好，我只是說如果……

首先，他應該是那北方農家的那串紅玉米，吊在多風的簷下，聽慣了陽光和露水的對話，並且還偷偷學會了蟲吟的密碼。

也許，他曾是被武則天女皇帝一怒而貶放到河南洛陽去的牡丹。是「金谷從來滿園樹，河陽一縣并是花」的那些花花樹樹，（按：金谷和河陽皆是河南的地名，而瘂弦祖籍便是河南，此句子出於六朝時期庾信的〈春賦〉）花樹間眾鳥啁啾，他就是那枝蒐集鳥語並牢記不忘的南柯。其中包括小鳥啼飢的聲音、母鳥餵食的聲音、雄鳥求偶的聲音⋯⋯

被收入記憶的也許還有落雪的聲音，或冰墜子咯崩一聲折斷的聲音、還有春雨滴入高粱地的無聲之聲，小溪流淌過麥田的沒有節奏的節奏⋯⋯

還有，還有古荒原上歷朝歷代宮殿摧倒的聲音，窗櫺枯朽的聲音，以及歲歲年年春花花瓣蓬然一聲坼開的聲音。當然，也許更有隆隆砲聲，咻咻槍聲，或遍野哀鴻之聲⋯⋯

如果你想知道更詳細的成分，我堅信那其間更包含某些水的比例。譬如說二月冰河初泮的嘶嘶聲，或順著黑瓦簷子淌流下來的春雨聲，以及荷葉上的凝露悄悄滾動如走珠的不安之聲，或淡淡的茗茶自茶壺口跌落於茶盅的清揚聲，加上湖水在晨曦中蒸騰為寒煙之際愉悅的呼痛聲⋯⋯

動人的聲音必然來自哀傷和喜悅的交會處，大悲涼和大自在的矛盾處，極徹悟和極不捨的可疑處。

「瘂弦」的「瘂」不是「聾啞」的「啞」，而是「暗瘂」的「瘂」，是生命在成住壞空之餘的那份卑微的收斂，和大度的雍容，是止不住的哀戚，和抑不住的暢揚。

我偶然收藏了一本《陶淵明全集》，無限珍惜。《陶淵明全集》其實不希罕，因為一千五百年來喜愛的人多，所以不時有新刻本。但我收藏的這本叫「倣蘇本」，民初刻的。

為什麼叫「倣蘇本」呢？原來蘇東坡極愛陶淵明，宦途流離中他抄寫了整本的陶淵明。有人把蘇東坡的抄本拿去刻了付梓，但不幸那書絕了版，後人再也看不到。於是有人摹倣蘇東坡的筆意重新抄寫了陶詩，又有人照著這本子再刻成版。這個版本，被算做「倣蘇版」。

我收藏這個版本不是因我愛陶詩（雖然陶詩我很愛），也不是因為我愛蘇體字（雖然蘇體字我也很愛）。但我收藏它是為了愛「蘇東坡俯首貼心愛陶淵明的愛」，以及後人珍惜此情此事而認真再做一次刻本的努力。文人之間可以睽隔四百年而如此相敬相惜，令人動容。

我和瘂弦之間，相隔半代，我對那一代的人常懷敬意。最近初聆聽瘂弦用他的聲音說詩，覺得真是一件兩美相遇的好事。（「兩美」在〈離騷〉中指的是「明君和賢臣的相遇」，此處則泛指一切好事物的相聯。）其好，譬猶蘇字加上陶詩，是珠之聯，是璧之合，又似秋水倚天長，落霞含孤鶩，令人步步驚豔。

古人有許多讓今人羨慕的好事，但今人也有些令古人深妒的美事。古人無法聞古人之聲，像孔子之歌，其聲如何沒人知曉。他在大川之上為逝水喟嘆，其聲息是怎樣的既慷慨又淒清，既徹悟復迷痛，我們都無法揣摩。但今人卻能捕捉某些聲音，並令之長存。能和瘂弦生在同世，又能聽到他為我們錄下的聲音，我想，我是可以和夫子聞韶樂一般喜悅的。

滔滔天下，好顏色易求，好聲音難得。好歌手易獲，好「說話人」難致。能聽見好言好語加上好聲氣，來說有關好詩的事，於我，是一件值得去上謝天恩的幸福事件。

二〇〇六年六月二十日《中國時報・人間副刊》

小說的紙上祭典

小說，小說是拿來幹什麼的呀？

答曰：小說無非用來寫寫人生。

人生，人生又是什麼呀？

人生嘛，嗯——呃——唔——噢——唉——，這個——噫——我也說不清楚啦！（不要怪我沒學問，試問哪位大師敢說自己懂得人生，你倒找一位來給我瞧瞧！）

不過，小說所謂寫人生，大約也無非寫些悲歡離合，愛恨情仇，以及生老病死……。

好，閒話休題，我們就單說「死」這件事。許多小說作者對它情有獨鍾，因為它畢竟是賺人熱淚的好手段。

同理，戲劇家也很酷愛「死亡情節」。

咦？怎麼回事，我們都有毛病嗎？為什麼在翻讀小說之際，或前去戲院看戲之時，都那麼愛看人家「死」呢？（對呀！就是因為我們愛看，所以那些作家才猛寫的嘛！）

所以，我們毫不慚愧地看完梁山伯、祝英臺殉情而死，又看羅密歐、茱麗葉陰錯陽差而死，接著再看周瑜被活活氣死，以及諸葛亮「銳利過頭、折損天命」而死，潘金蓮（啊！那淫婦！）被小叔武松殺死，阿Q則遊街示眾後遭槍斃而死，或「色戒」中的女間諜為情動而死……。

對哦，我們毛病還真不小，看來看去，對於死，就是看個不夠，……。

亞里斯多德早就說了，我們就是要透過「恐懼、悲憫」的一番「寒澈骨」，才能獲致「滌淨」效果（此兩字希臘原文略等於「清瀉」，亞氏一族大概因有醫學世家背景，故三句話不離本行），及至心靈由大激動而回歸大平靜，也算是「才得梅花撲鼻香」了。

所以說，親愛的小朋友，小說裡的死亡情節不是供你「效法先烈」用的，它是供你「驚心動魄」之後猛然收韁用的！四十年前梁祝電影在臺灣轟動上演時，有位老太太竟連看一百場，場場痛哭，她想必是急需將那些藏在腹內一生一世的淚水來個大洩洪啊！

十八世紀的德國，二十出頭的歌德，愛上一女子，但此女已是別人的未婚妻。可惡的是，世上訂過婚的女子並沒有因此而不再豔光四射，她依舊是有魅力的，加上她又是富於母性慈柔的，叫正常的男人多麼難於抗拒啊！何況，她未婚夫一時又不在身邊。

然而歌德當然知道此事注定沒有結果，二百五十年前（歌德生於一七四九年），奪人之妻是無恥，是無品，是社會所唾棄的，堂堂男子決對不可做此不榮譽的事。而愛一女子又居然不能光明磊落向她剖白，則人生豈不如噩夢一場？歌德怎麼辦？歌德的辦法竟然是寫了一部小說「少年維特之煩惱」。少年維特成了歌德的「芻狗」（也就是「草狗」，也就是「供燒冥物」的意思）芻狗舉槍自殺，歌德卻解脫了。歌德活了下來，從此飛黃騰達，一路活到八十三歲，富貴壽考而終。（八十三歲，在兩百年前，有點等於今天的百歲人瑞）。

據說，當時也有些笨頭笨腦的傻小子，看到歌德筆下的「少年維特」因解決不了三角難題而自殺，於是某些「少年約翰」、「少年彼得」、「少年漢克」也紛紛前仆後繼，一一壯烈成仁。說來，真是太絕了，人家「少年歌德」活得好好的，你幹麼不看清楚真相？

你愛情不如意，看破紅塵想要剃度，不必啦，賈寶玉早替你出家了。賈寶玉，不是你的「示範」，他是你的「替身」。他是「想像中那個任性的你」，他捨身代贖，你因而得救。

如果你一心奉獻愛情，卻遭人鄙棄，視如土芥，你恨不得死了拉倒。不，不必，你讀「杜十娘怒沉百寶箱」就好。杜十娘不但沉了本來要贈給情人的百寶箱，附帶也沉了杜十娘自己。世上有杜十娘那樣的癡情女子就夠了，你呢，你讓那個悲傷的、不甘心的、憤恚的自己跟杜十娘而去，讓那個「正常」的自己活下來吧！（連帶地，百寶箱很值錢，千萬顧好，別傻傻的將之沉江了）。

人類是需要祭典儀式的，人類在祭典中尤其渴於看到的是死亡，不管是牛羊豬，不管是雞鴨鵝，噁心恐怖的流血畫面讓我們在觳觫戰慄中知道自己再一次遇救了。如果有噩運，且讓死去的牲畜為我們擔當，我們平安了，我們本身平安了。

所以，小朋友，千萬別犯傻哦，故事裡的死亡不是供你效法用的，（就像電視節目說的，「危險動作，請勿模仿」），小說是典儀式微之後的「紙上祭典」。它讓我們的腎上腺再一次受到久違的刺激，讓我們把十萬年或百萬年來潛意識裡積存的老老祖宗的恐懼驚竦渲洩一空，讓我們可以因而恢復，來過個正正常常的生活，（嗯，對啦，我承認正常生活是有點悶悶的啦，不過，還好，如果你懂得吃一碗芒果刨冰也該上謝天恩的道理，日子還算可以過下去）。

一個小說的閱讀者，有件事很神氣，那就是他手下總有大批「效死之士」。所以，就算某一天，你不幸被某個不祥的聲音逼到牆角，並且很霸道的說：

「喂，你去死吧！」

「死，好嘛！」你回答「不過，叫維特替我去死就好！」

要不然，你也可以回答：「林黛玉已經幫我死過了，她燒了詩、焚了稿，她咯血而亡，她是我的分身，那就夠了，我自己可以活下去了！」

近年間，香港流行一種「假冥婚」，（多半是女人愛玩這把戲），例如甲女被乙男遺棄了，甲女便拿著乙男的照片和名字到法師處，宣稱自己的男友死了，（也不算騙人，就某種意義言，乙男對甲女而言真是死了），而她決定要跟乙男行冥婚，法師於是替他們辦妥婚姻手續。唱做俱佳的法師據說一天可主婚三檔，真是生意興隆。這，又是另一種手法了，當事人不必借助閱讀小說，但她彷彿演了一台戲，並做了一個了斷。嚴格的說，那是「讓過去的甲女嫁給過去曾愛她的乙男，而乙男死了，讓這段姻緣就此封墓」。

這當然是自欺欺人，乙男沒死，更沒同意跟甲女冥婚，但如果我們放世間癡男怨女一馬，悲憫他們的姻緣終成一夢，哀憐他們從此自視為鰥寡的淒涼，（而他們的自欺欺人也不見得比政客嚴重）則那個儀式仍是可認同的。

剩下的甲女應該是後半世的自己，前世的典儀已終，剩下來的責任或權利，應該便是：好好的過日子！

二〇〇八年一月十七日《中國時報・人間副刊》

莎小妹和蘇小妹

在英國，如果說五百年來最重要的文人是莎士比亞，大概錯不到哪裡去。而在中國，近千年來最有才情的人物，若舉蘇東坡為首選，反對的人應該也不多。這兩位文豪都各有好事之徒在幾百年後去遊說了他們的母親，也就是莎媽媽和蘇媽媽，請她們兩家各自再生一胎女兒，以便家裡既有才子又有才女。於是莎士比亞和蘇東坡在幾百年後就各自添了一個妹妹。我就依「蘇小妹」之名，也稱莎家那個女兒為「莎小妹」吧！

莎小妹有個名字，叫菊迪斯，蘇家女兒卻連名字也沒有，直接就叫蘇小妹。女人嘛，名字是不太需要的啦！

如果莎士比亞有一個妹妹

敘述「莎小妹逸事」的人，名叫維吉尼亞・吳爾芙（1882-1941）。如果照我們目前在臺灣或中國大陸甚至韓國的做法，女人婚後已經多半不冠夫姓，那麼此人的全名就該是維吉尼亞．史帝芬。但，在歐美，上流社會的婦女誰敢不頂著夫姓過日子呢？

中文裡有「祖師爺」一詞，中國大陸大約根據此詞造了個「祖師奶奶」給某些女性先驅者。不過「奶奶」兩字頗可爭議，因為那意味著此女必須經過婚姻、男性、乖乖養下小孩，才有資格稱為奶奶。所以我認為稱維吉尼亞為「祖師婆婆」也許比較好。

但，她是哪方面的「祖師婆婆」？原來，她是二十世紀初葉的「女權主義者」，她挾小說作家兼出版家之盛名，寫下《自己的房間》（*A Room of One's Own*）這本書，（此書當年張秀亞女士有譯本，今由九歌出版社發行，此外亦另有譯本。）顧名思義，作者從女性少有財產繼承權（如房地產）來看女子注定赤貧，注定缺乏資源，注定弱勢。女人沒「錢」，所以女人就也自然沒「權」了。吃不飽的女人別說什麼經世濟民的長策，就連一晚上聚集好友數人，來一場逸興遄飛的雅談，也是在精力上辦不到的！

在《自己的房間》第三章中，維吉尼亞作了一個驚心動魄的假設，她說，「如果，莎士比亞有一個妹妹」……這個充滿想像力的議題令人一讀難忘，此處姑節譯（而且，有點意譯，有點加述）一段如下：

假定說，莎士比亞有一個才華橫溢的妹妹，我們就叫她菊迪斯吧，那麼，事情會怎麼樣呢？

莎老哥，搞不好，從他老媽那裡得到一筆遺產，（按，老妹當然無此繼承權啦！）他自己進了個學校，可能通了一丁點拉丁文，讀了幾句古羅馬詩人的詩，學了初級文法和邏輯。但如眾所周知，他是個不良少年，會幹些偷抓兔子或撞進人家莊園射殺麋鹿等壞事。不到法定結婚年齡就趕著跟鄰女結了婚。後來她生娃娃的時間，掐指算來也顯然不對。這種浪蕩行為讓他在老家待不下去了，於是打算遠走倫敦去碰碰運氣。他覺得戲院倒挺有趣。一開始，他湊在戲院門口為人看馬。（按，以今天來說，就是泊車小弟啦！）不久，就進了劇場，搖身一變，成了戲劇界人士了。他既活在四百年前的倫敦，這個世界中心的大城，（當然，維吉尼亞女士很可能不知道北京或杭州、南京也是很了不起的大城喔！）不免和各路人馬來往交手，增長見識。而且，登了臺，就切磋技藝，走上街，則琢磨機智，搞不好，他甚至連伊莉莎白女王的宮幃也混得進去呢！

但同時，他那位有詠絮之才的妹妹又如何呢？我們不妨假定她仍窩在史特拉福鎮上的老家（距倫敦汽車車程大約三小時），她積極奮進，不輸老哥，又滿腦子創意奇想，一心想去闖天下。但她當然不曾有閒錢去讀什麼拉丁文文法跟邏輯，至於羅馬古詩人的詩，那就更別提了。

她偶然也會撿到一本書，好像是他老哥隨手丟下的，她拿過來也就讀它兩頁。正當此際，老爸老媽就冒出來了，要她去補襪子做針線，並且顧一下灶上煮的東西，嗯，女孩家，不要成天對著書冊紙筆神不守舍。

爸媽的庭訓雖嚴，卻也柔和慈愛，因為兩老都是老老實實的古意人，他們深知女人該怎麼活，他們深愛此女，視她如掌上明珠。

有時她躲在閣樓上偷寫幾頁紙，那閣樓是堆棧蘋果的地方。但她一定小心藏好，有時，甚至付之一炬。

才十來歲，家人就給她訂了親，對象是隔壁賣羊毛那家人的兒子。她得知其事便大哭大喊，說自己最恨嫁人了，為此，父親痛揍了她一頓。事後老爸不再罵人了，反跟她好話說盡，教她別在婚事上教為父的丟臉，失了體面。他安撫她說，會送她一串珍珠項鍊或美麗的襯衣。他說這些話的時候，老淚縱橫。唉，教她如何反抗呢？她如何可以傷老父之心呢？

但她自己內在的才華鼓譟，要她出走。於是，她把自己的東西打了個小包，某個夏夜，她沿繩子攀爬下樓，也溜到倫敦去了。那時的她，還不滿十七歲，她歌聲嘹亮，枝上雀鳥也自嘆不如。她有敏捷的想像力，在行文用字的音律拿捏上，跟老哥一樣有奇才。對劇場，也深感興趣。

她來到劇場門口，「我要演戲！」她說，眾男子圍上來當面恥笑她，有個又胖又嘴賤的經理更是哈哈大笑。「教女人演戲？那就像教捲毛小狗來跳舞嘛！」他大叫著。（按，那時代沒有女性演員，所有角色都由男性扮演，女性角色則由未發育的小男孩演出，這種情形和我們古代劇團演出頗為類似。）「女人能做個好演員？哪有此事！」他其實話中有話，你想，這女人，在技藝方面既得不到訓練，而且，她也無法像男人一樣出入酒館或午夜浪蕩街頭，雖然她在編造情節方面是高手，她很想在男男女女的生活或行為模式中找到一些營養以供寫作，可是，行嗎？

最後，由於華年正茂，也由於她長得灰睛曲眉，很像她那位詩人老哥莎士比亞，這位尼克格林（也就是那個身兼經理的賤嘴演員）憐惜她了。（這一來，更糟！）她發現自己懷了孕……某個冬夜，她自殺了，進不了墓園，（按，依基督教倫理，不可殺人，故亦不得殺己。自殺是大罪，不得入於教會墓地，可參閱《哈姆雷特》一劇。）就在街邊草草掩埋……

以上故事，情節倒也尋常，但因經維吉尼亞的安排，事情發生在莎小妹身上，遂令天下有情或有才的男女為之同聲唏噓，「女子有才便是惡」，事情幾乎就是這樣的了。

這故事譯成各種文字，令全世界的讀者掩卷深思，但寫這故事的作者也跟著自殺了。她有憂鬱症，不想拖累愛婿，於是在一九四一年的早春，三月二十八日離家赴河，衣服口袋中裝滿石頭……屍體到四月初才發現。

我對一九四一年三月二十八日不免印象深刻，因為隔天，一九四一年三月二十九日即是我出世之日——不要想歪了，我是不信轉世輪迴之說的——我只是哀傷自己沒有機會和這位遠方的倡言女性主義的祖師婆婆共度幾天同世的日子。

蘇小妹春風得意嫁才郎

相較之下，老中似乎仁慈多了，莎小妹「懷才不遇死倫敦」，蘇小妹卻「春風得意嫁才郎」。這故事收在馮夢龍（明）的《醒世恆言》裡，算來是明人仿宋人平話小說的寫法。所以，這子虛烏有的蘇小妹，也真是由來久遠了。蘇小妹既是蘇洵之女，蘇軾、蘇轍之妹，DNA當然也很不錯，所以的確是個貨真價實的才女。

既是蘇家三蘇之外的「第四蘇」，小說家難免要想送她一個大獎品，這份大獎不是什麼「國家文學獎」，而是一個「才子丈夫」。而要找丈夫最好就地取材，在蘇門四學士裡去物色就好了。這蘇門四學士究竟是哪四人，版本不一，但其中如黃庭堅愛作怪，不怎麼可愛；陳師道又出身寒門，人也鬱鬱悶悶的；其他還有些知名度不太夠的；剩下秦少游，成天寫些華豔又浪漫的小詞，看來頗堪作個好情人。所以，小說作者就選上「蘇秦配」了。

但問題又來了，男主角才貌雙全，女主角蕙質蘭心，又且有長輩相撮，豈不一拍即合，只消兩分鐘就能把故事說完了？這樣秦少游也未免太占便宜了。所以小說作者也要他吃點苦頭，故事的題目便成了〈蘇小妹三難新郎〉。這題目委實耐人尋味，一千年前的女子，不嫁男人便罷，既嫁了，便已跳進牢籠，又如何去為難人家新郎？所以蘇小妹也不過出三道題去小害新郎一下。三題中如以今日考試之法來說，猜中一題得三十三點三分，不及格，只能用瓦盞喝一杯清水，罰在外廂房獨宿三個月，並且苦讀以自贖。如猜中二題，有六十六點六分，可以在銀盞內喝一杯茶，仍得在新婚之夜獨宿，並等待翌日重新補考。（唉，中國真乃一個考試大國，連這麼浪漫的男女愛情小說也剩下新娘考新郎，真真不可思議。我們的無知大官如李遠哲偏以為只要經過他們「教改大員」的巧手一整型，家長、孩子、老師就全然不再在乎考試了，嘿，才怪！）三題全對，算一百分，可以飲下玉盞中的美酒，並且取得洞房入住權。

這個故事的教訓是——

我想是，不管才女、美女，褲帶都要勒緊些，否則輕易撤守，會很變得賤賤的哦！

而古代才女任「主考官」，大概也只能在文字上玩些小花樣，蘇小妹出的三道題中有兩題是遊戲性質的謎語，第三題是對對子，上聯是：

閉門推出窗前月

這原也不算太難的句子，但暗含幾分性意味，下聯如完全不去碰性事好像也不進入情況。太性了，又不免下流，倒是令男主角左右為難。於是引起更大的才子蘇東坡來救他，只是不便明救，便來暗救。他選擇的做法是向庭中（這裡便是新郎的考場）的花缸中投一片磚，當時水珠四濺，少游一驚，立刻對出下聯：

投石沖破水底天

故事至此以喜劇收場。但，那蘇小妹何以才做新嫁娘便行為如此囂張？原來婚禮是在蘇家舉行的。為什麼在蘇家行禮？難道少游是入贅的嗎？小說中只模模糊糊轉述秦少游所提的一句「因寓中無人，欲就蘇府花燭」，哦，原來如此。蘇家因「才」大勢大，蘇小妹在新婚之夜才得小小折騰新郎一下，維吉尼亞說對了，蘇小妹如果沒有一間閨房，也就是「自己的房間」，哪能如此縱橫捭闔，「顧盼自雌」呢？

蘇小妹在婚後又秀了幾次「破解文字密碼」的獨門絕活，連太后都很鍾愛她，賜給她一些絹帛和好吃的東西。這，大概就是以古代中國男人的想像力所能編寫出來的「最佳女性舞臺」了。再多，就沒有了。

莎小妹死了，蘇小妹在為難新郎半小時以後也就鳴金收兵，故事結束了。不過，留下來的觀眾不妨想想，世上有才的女人，除了死，除了一頭走入婚姻，還有沒有更寬廣的出路呢？

二〇〇九年七月十六、十七日《聯合報・副刊》

我所遇見的崑曲

崑山崑曲

在臺灣，崑曲叫崑曲，但在大陸，唉，崑曲叫「昆曲」。相差也許不多，不過是，不過是差了整整一座山。當然，我喜歡有山的崑。

崑曲之所以叫崑曲，是因為江蘇有個崑山，崑山出了個了不起的音樂家名叫魏良輔。魏良輔為好些傳奇劇定了譜，魏氏之後大家便以崑山的地名來為這種調子定名。這些，都是明朝的事了。

崑山地近蘇州和上海，這地方如今是大大出名了。不是因崑曲出名，而是因為有千萬臺商雲集在該地。崑山成了臺商的大本營，幾乎有點像當年的上海租界。但古代的崑山以什麼出名呢？晉代的文學家陸機、陸雲便住在這裡。有人以為這兩位兄弟如人中美玉，而西方崑崙山以出產美玉聞名，這地方既有才人如美玉，不妨也叫崑山。

我則認為這地方根本就出美石（如今可採的美石已越來越少了）。很可能因此也就叫了崑山。反正真正的崑崙山在很遠很遠以外的地方，而且那座崑崙山一半坐落在西域，一半則坐落在渺渺的神話裡。所以在江南，有必要複製半座崑崙山，而它的名字就叫崑山。

崑山另外在明末清初出過名人朱伯廬，朱伯廬的「治家格言」至今還掛在許多家庭裡。

當年崑山的唱法叫崑曲也叫崑腔，有了這個柔靡頑艷的唱腔，弋陽腔、海鹽腔和餘姚腔就漸漸沒得混了。

在「紅樓夢」這部小說裡，賈家由於是豪門，所以自己養著戲班子，碰到喜事就可以自家湊成一個場面。當時寶玉的大姊賈元妃回門，就曾大大熱鬧了一番，但在諸多戲碼中，看得出來像寶玉和黛玉顯然還是偏愛崑腔的幽婉蘊藉。

崑腔有個綽號叫「水磨調」，其中的「磨勁」，大概也就可想而知。

深巷人家——陸府曲會

我自己大約在民國五十年接觸到崑曲，地點是在和平東路老電力公司後面的巷子裡。那裡有一家姓陸的人家。

當時我還在讀中文系，從書本中知道有崑曲這麼一個名詞。不料它竟然還活著，還有譜子可識，還有板眼可按，還真能唱，對我而言，這真是怪事。

當時教我詞曲的老師有兩位，一位是臺大的張清徽（敬）老師，她是我大學老師中唯一一位女教授，我當然對她印象深刻。另一位是汪薇史（經昌）老師，奇怪的是他在我們系上開的是社會學的課，我因替他抄稿而熟稔起來，才知道他是詞學大師吳瞿安（梅）的弟子，是詞曲方面的泰斗。汪老師沒有子女，出入他家中的常是我們這批賴皮的學生，當時常去的還有師大的賴橋本和陳安娜，前者後來成了師大的教授，後者則在紐約宏揚曲藝，陳安娜有一副好嗓子，令人羨煞。

而張老師和汪老師都常去參加陸府的曲會，陸府曲會照例是在禮拜天下午舉行，每二周一次。曲會中常去的人還有蔣復璁、成舍我、王洸、焦承允，其中有位具愛新覺羅血統的毓子山，嗓音勁亮，唱起「瘋僧掃秦」，真是令人熱耳酸心。教人意想不到的是慰堂先生（蔣復璁）居然唱小旦，側媚處令人莞爾。

當時為大家按笛的是師大的夏煥新教授（但他並不是文學院的教授），那時候陸府的雅集可以說是「一群外省人的鄉愁嘔唱」。為了方便，他們在民國四十八年四十九年分別印了二冊《蓬瀛曲集》，有趣的是目錄頁上還註明：

夜奔，用的是「大章班」腳本
走雨，用的是「鳴盛班」腳本
……

而其餘用「老全福」及「小全福」腳本。

這書整輯過程中有人出錢有人出力，其中有位老先生當時大約六十歲了，叫郁元英，特別熱心。他對汪經昌老師恭敬的執弟子之禮，（其實他的年齡長於汪老師）什麼雜事都一手包辦，令我印象深刻。

然後我知道主人叫陸永明，任職臺電，而郁元英老先生是他的岳父。陸家有個女兒，讀小學，居然就畫起國畫來，還開展覽，（許多年後才發覺這小女孩長大了，變成陸蓉之教授）陸家日式老屋的長廊上掛滿了小女孩的畫。

「這位郁老先生真是個奇人，他一生都不撒謊的喔！」有個曲友跟我說，「你知道嗎，有一次，某位朋友邀他，他因為不喜歡那人，便推說自己有事，要出城赴某處。結果，到了那一天，他為了保持自己終生不撒謊的紀錄，就真的出城去赴某處了，而且，那天還下著大雨呢！」

我當時年輕，聽了那話，暗自佩服，我想，以後我也要說真話，要讓自己句句話算話。

許多年以後，我又發現，原來有位愛說真話——例如直指老李（李登輝）有密使的郁慕明委員，就是郁元英的兒子。

大家到了曲會，或由於別人起鬨，或由於自告奮勇，大概都會唱上幾齣，其進行的方式現在想來有點像卡拉ＯＫ。

曲會似乎有極大的凝聚力，老報人成舍我先生即使在喪偶的悲愴中也仍然前來，大家安慰他，他嘆氣說：

「唉，我常說，夫妻，誰先走，就是那個有福氣的啊！」

成先生為人堅苦卓絕，為了辦學，他是學界中出名的「小氣鬼」，可是世新大學卻因而奠定了基礎。張清徽老師有一次轉述成校長的故事，說：

「有一次，成校長經過館前路，那時館前路的違建還沒有拆，沿街店家都在拉客人進去吃鍋貼，鍋貼剛出鍋，油滋滋的響，噴香噴香的，成校長忍著餓，吞著口水不敢看，就快步走開了。」

成校長唱曲有些令人絕倒，有幾次，我發現他起的音和笛子不同，但他居然一路唱了下去，當然，笛子也一路吹了下去，就這樣各走各路，也能相安無事的把一曲唱完。

崑曲雖然是吳音，但崑曲中的北曲蒼涼衰颯，也自足動人，像林沖夜奔，每次聽，都覺得被撞到心疼乃至心慌。生命渺短，命運叵測，昔日的八十萬禁軍教頭，如今在暗夜中亡命天涯……。

與其說我去曲會中學唱曲，不如說，我去曲會中聽曲，並且看一個一個的先賢。

曲會中的陸太太，也就是陸蓉之的媽媽，當年是一個安靜能幹的上海式太太，（所謂「上海式」是什麼？我也不十分說得上來，大約是腴白、富泰、大方、得體，做起事來舉重若輕）。當時曲過三巡，我就會暗暗期待，期待陸太太端出陸府的點心出來。點心也不是什麼大不了的美味，卻都很精緻。譬如說，他們家的蔴糬是沾黃豆粉的（而不是花生粉），別有一種難忘的香味。有時是湯圓，又有一次因為剛過完年，吃的是寧式炒年糕，座中有人唸了一句：

「吃水磨年糕唱水磨調——誰能對下聯？」

大家笑著，沒有人去認真做對子。點心是多麼好吃呀！

偶然沒去，就有位張姓女士會寫明信片來關切來催駕，我事隔多年才猛然悟出她其實就是沈從文的大姨子張元和。可惜我那時十分畏她，皆因我為事忙，常常缺席，也就常常收到她「催促信」，我儘量躲著她，只為怕她一句「怎麼好久都沒來呀？」她說得溫婉，我卻慚愧得要命。

我當年當然只是曲會裡的邊緣小朋友，而當時尚為小學生的陸蓉之教授以及她滿地爬的小弟，當然更邊緣，但坐在那裡，捧著本子，一句句聽著，我彷彿真看懂了什麼，汲取了什麼。

生命散戲的時候

汪老師去世了，在香港。

七年前，張清徽老師也走了，靈堂裡放著崑曲，我縮在牆角哭，不是哭死亡，而是哭一個才慧女子坎坷而不甘的一生。老師其實也不是真的多命苦，但總覺她是有所不足的。似乎尚有夢，卻不曾完，有願卻不曾還，有委屈尚未道盡，有愴痛尚未明說……，雖然，她的豁達和幽默可算是一襲戰袍，但創痕卻還是有的。

崑曲的水磨調在空氣中悠悠磨著，靈車待發，她的長子手捧遺照向來客深躬，而眉宇間尚有老師當年的善嘲和慧黠。

「裊晴絲，吹來閒庭院……」

一春花事爛漫，美麗的女子在花間尋夢。

「遍春山，開滿了杜鵑……」

我從來沒有在喪禮中聽過崑曲，卻又覺得這其間有某種詭異的吻合，大概因為死亡和音樂都是淒絕豔絕的吧？

上了聯合國的榜

二十世紀末，聯合國文教單位統計全世界重要的人類文化遺產，崑曲名列第一。

我其實並不為這則消息雀躍，崑曲本來就是華豔燦爛，不可方物的。被人家列名在品評表格上，反讓我悵然。彷彿你深愛的美人，忽然當選了「世界小姐」，而你卻並不相信別人真的認識她的美。

跟崑曲有關的小說和電影

二十世紀後半紀，我所接觸的有三件好作品和崑曲有關，一個是白先勇的《遊園驚夢》小說，二是陳凱歌的電影《霸王別姬》，第三是莊因的《林沖夜奔》小說。

白先勇的故事把宋代的杜麗娘和臺北的錢夫人綁在一起，成就了故事的繁複和厚實。否則的話，錢夫人就只剩下一場出軌的床戲，那，又有什麼好看呢？

霸王別姬雖是平劇戲班子的故事，但早期戲班子都必須從學崑曲入手。所以小張國榮才會學唱那齣「思凡」，這本是齣極精采的戲，但因小戲子偏偏卡在一句「奴本是女嬌娥，又不是男兒漢」上，他因老是唱反，所以被老師搗得滿口血。成年的張國榮在唱平劇的生涯裡，仍然常常和崑曲交會。

莊因的小說是當年流行的留學生文學，但套在林沖夜奔的故事裡，則有其說不盡的滄桑。而且白、莊兩位作者的身分也略等同於王謝子弟，作品中有了崑曲，就彷彿蛋糕中滲了酒，立刻呈現某種貴族氣息。

我思徐露

臺灣沒有專業的崑曲演員，只有平劇演員而兼演崑曲的，其中最優秀的我認為是徐露。徐露是在非常特殊的機緣下接受了許多老師的共同栽培而養成的大材，她的格局因而不同於一般藝人。她的唱腔，她的身段，她的扮相，她對戲劇內容的深入了解，就海峽兩岸來說，都是一流的。更難得的是，她是雍容而優游的，你看不見她在舞臺上有劍拔弩張的緊張樣子。

但不幸的是她的舞臺生命太短，短到十分對不住那些把眾家絕活教給她一人的老師們。她的第一次婚姻因為不如意，而影響了她的舞臺生涯，這當然值得諒解。奇怪的是，她的第二次婚姻因為太好，所以，也影響了她的舞臺生涯。既然夫婿是那麼可敬而又深情的人，怎能不捨身圖報呢？況且夫婿又生了重病。

寡居之後的徐露熱心傳教，傳教當然也是好事，我就聽過一位美麗的女明星親口告訴我，她某日正感人生茫茫，想把頸脖套進繩圈之際，忽有人按鈴，她去開門，原來是徐露來訪，她正在挨家挨戶的傳布福音，女星躲過了那一劫，現今仍健在。這都是徐露之功。

但我仍懷念舞臺上的徐露，但願她至少要好好去傳幾個弟子！

至於業餘的票友，早期的臺大的宋丹昂和後期的陳彬都是了不起的人才。男性票友中的田士林演「思凡」和「下山」也如廣陵絕響，令人懷念。

毛澤東的私房戲

在臺灣，崑曲是少數族群中的少數族群在喜歡的東西。而那段時間（民國四十年到民國六十幾年），中國大陸的舞臺上漸漸地只剩下四個樣板戲了。當此之際，據說連毛澤東也受不了啦，他要求劇團提供他一點私房菜——崑曲，劇團也照辦了，至於當年提供的是錄音帶還是錄影帶，我也不知道。甚至連這個說法本身的真偽我也難辨，雖然我曾問過不少大陸學者，他們也承認聽過這個說法，但問到這個說法的原始資料何來，大家又都說不出來了。所以，我只能姑且把它當作一則民間傳說，也許是藝術家自編的，用以說明連老毛本人也受不了樣板戲的折磨。

後來，文革敗象漸露，也不知怎麼回事，一齣改編自小說《錯斬崔寧》的《十五貫》，忽然竄了出來。這戲是「冤情戲」，非常「不革命」，但觀眾卻如癡如狂。其實觀眾要看這戲，重點多在看主角「婁阿鼠」賊頭賊腦的表演絕技，以及「無巧不成書」的荒誕劇情。沒辦法，觀眾到劇場去並不是為了接受「革命教育」，而是為了要去看一些好看好玩的東西。

中共在文革中努力要去破的「四舊」，不料被一齣《十五貫》破了功，真是破人者人亦破之。

如果為了方便說明，不妨把崑曲分成「俗崑曲」和「雅崑曲」兩個領域。《十五貫》是俗崑曲，表演性（特技性）比較強，而且常用一般人聽不太懂的蘇州口白。「雅崑曲」則如「遊園驚夢」（其實，同在一部《牡丹亭》裡，「遊園驚夢」是雅部分，「道覡」便是俗部分了）。在臺灣，在學院中，或在某些深巷人家的客廳裡，反覆謳歌的都是「雅崑曲」。但在大陸，一開頭，便是俗崑曲《十五貫》搶下了觀眾一壘，從此便一路順利得分。本來，談崑曲，既有湯顯祖的《牡丹亭》或洪昇的《長生殿》，哪裡輪得到別人？卻不料「冤死劇——十五貫」卻小兵立大功，迷倒被文革挖空了心靈的民眾，真可謂大旱之後出現的雲霓。

驚識俞振飛

我個人看此戲，則在民國七十二年，那時崑曲泰斗俞振飛帶團赴香港演出，我當時因為正在浸會大學任客座，所以每晚都去聆聽。

俞振飛當時已經八十多了，卻仍抖擻精神演出，在臺上，他依然是李白，而且是醉酒的李白。

當時戲劇家楊世彭在香港任劇團導演（香港有官方支持的現代劇團），也是日日必到的。他大概是世上首次把莎劇用粵語演出來的導演，他自己本身卻是嫻熟舊戲的，記得有一天他剛好坐在我右側，於是十分熱心為我說戲：

「這裡，這裡，他下一個動作很精采，一個臥魚，從凳子下面鑽出來。」（臥魚是個難動作，演員身體向後傾，與地面貼近，拉成平行狀態。）

不料，那動作卻沒有出現。當然，那動作不是俞先生的動作，是另一個小生的。楊博士頗為扼腕。但我對俞先生和整個劇團的表現卻已經十分驚豔了。

俞先生其實在民國三十八年左右到過臺灣，但看不到崑曲發展的可能，就跑回去了，回想起來真可惜。

俞先生的演出臺上好看，臺下也很好看，似乎全香港的上海人全跑到戲院來了，張愛玲曾說：上海人比香港人白些胖些，大致是不錯的。上海人和上海話對我是一則永恆的謎題，令我興味無限。

俞振飛先生戲演完後曾應邀往中文大學作一場演講，主持的人是饒宗頤教授，事先說好，聽眾只准聽，不准發問。

俞振飛離了舞臺，站在臺上，令人有點失望，他嘴巴微張，傻楞楞地站在那裡。然後，他掏掏摸摸終於掏出眼鏡。奇怪的是待他把眼鏡一戴上，立刻精神便來了，然後，不知為什麼，他大笑了幾聲，然後言歸正傳，下面是我摘要的片段：

崑曲，我六歲就會唱了。

我父親在五十六歲才有我這個兒子，可是我母親死得早，那真是「小孩沒娘，說來話長」。我父親極愛我，就自己來帶我這麼個三歲孩子，他走到哪裡我就跟到哪裡。我白天還好，晚上就想起娘來，這時我父親就唱「紅繡鞋」（按「紅繡鞋」是曲牌名，屬小工調，即C調，俞父唱「紅繡鞋」屬於「三醉」那齣戲，而「三醉」又是《邯鄲記》裡的一齣，《邯鄲記》和《牡丹亭》同為湯顯祖的作品）哄我睡，我夜夜聽，夜夜聽，一聽聽了三年，我自己不知道我已會唱「紅繡鞋」了，我父親當然也不知道。

有一天，我父親教某人唱這一段，那人老唱不對。我父親那人是個沒脾氣的人，惟獨一樣，如果唱戲唱不對他就要罵。

我那時剛好從院子裡走進房來，看到父親生氣，我就說，我會唱，我來試試。父親說，我又沒教你，你哪會，我就唱了，父親嚇一跳，原來我已經會唱崑曲了。

我十九歲離開蘇州去上海，臨走的時候父親對我說，你到上海，看到有愛好崑曲的人，要注意一下，因為，眼看著崑曲就要絕了，因為那時候很多好角都在吸鴉片。

我到了上海，有人幫我辦一次演出，一百元一張票，我唱了三天，演完剩下三千元，我們就用這三千元辦一個崑曲研習所……

（老天，民初時代，在魯迅小說裡，一碗好魚翅也只要一元，而俞振飛的票居然可以賣到一百元。）

對了，川戲也有好東西，我十歲以前常看川戲，我說過，我沒了母親，成天跟著父親，父親到哪裡我就跟到哪裡，父親看川戲，我也跟著看。一般人不太看得起川戲，但你如果看名角演川戲，不得了，真有好東西，而且還有老崑曲的東西。為什麼川戲有崑曲的老東西呢？是這樣的，清朝有個官，皇帝派他去四川做總督，他不肯赴任，因為走水路常翻船，會死人的。後來他就開出兩個條件，第一、要帶個崑曲班子去。第二、要賞他個好廚子……。

（俞老的說法很稀奇，我以前沒聽過，也不知道他的資料是哪裡來的。）

都說魏良輔是崑山人，其實不是，他是住在崑山罷了，他的朋友梁辰魚才真是崑山人。這梁辰魚為了《浣紗記》十年不下樓，一板三眼的按桌面，把桌面都按成凹洞了。

（讓我跳出來解釋一下，一板三眼是一種常見的節拍，等於4/4的拍子，打的方法是把食指、中指、無名指併攏齊下，算是第一拍，屬於強拍，然後敲食指尖，謂第二拍，敲中指，是第三拍，無名指則是第四拍）。

俞老的演講後來戛然而止，因為華氏夫人跑上臺去，說，老人家不宜太累，大家也就放過他了。

我目送他離去，萬分不捨，因為知道，他不會再出來了，也不會再登臺了，此刻就是我和一代藝人訣別的時刻了。幾年後，果然聽到他的死訊，不知為什麼，想起他，倒不是想起一代藝人的舞臺風華，反而惻惻想起那個沒了娘、聽父親唱「紅繡鞋」而入睡的三歲小孩。那時候，他不知道自己已經會唱崑曲，而他的父親也還不知道……只有「度脫劇」裡呂洞賓的「道情」悠悠如夢：

趁江鄉落霞孤鶩

弄瀟湘雲影蒼梧
殘暮雨響菰蒲
……
煙水捕魚圖
把世人心閒看取
……

後記：

一、崑曲《長生殿》要在臺北演出了，崑曲這種藝術長期演化下來，如果用西洋文化來作比，可謂略等於書齋劇。或說，等於「劇詩」（而不是「詩劇」），但此次《長生殿》是用詩劇的方法演出的，所以連演他三夜，這不得不說是一件盛事。於是我把自己生平和崑曲錯肩的故事記一記，世上有崑曲，真的是很好的一件事。

二、臺北當時還有另外一個曲會，其精神領袖是徐炎之老師和師母（他們是中廣播音員徐謙的父母）。可惜兩個曲會間沒什麼交集，甚至不相往還，其原因似乎是兩邊的徐炎之先生和夏煥新先生不和，但為什麼不和，卻又沒有人能說清楚，晚輩如我，當然搞不懂，大抵藝術家常有他們自己奇特的脾性吧！

大體言之，陸府的曲會重在清唱，徐炎之老師和師母卻時有舞臺演出。徐炎之老師常常免費赴各大專崑曲社團做義務導師，像陳彬、朱惠良、應平書都算他的高足。

二〇〇四年三月七至九日《中國時報・人間副刊》

那個嫵媚的男人

嫵媚的男人

嫵媚的男人？看這樣的說詞，我猜，你會想成這是一篇寫同性戀的文章吧！或者在談人妖，說得時髦些，是「變裝皇后」。

不，這篇文章談的那個男人名叫魏徵，而把這個形容詞加在他頭上的人是唐太宗李世民。而這段故事並不是什麼野史傳說，它記載於正式的史書（《唐書．魏徵傳》）裡：

帝（唐太宗）大笑曰：「人言徵舉動疏慢，我但見其嫵媚。」

嫵媚兩字在這句話裡該怎麼翻譯，令人困擾。舊說認為是可悅，我卻大膽地說成是「富於吸引力」。

今人自以為「民主」是好得不得了的制度，其實制度再怎麼好，充其量只是一條腿。另一條腿是什麼，是「善良的人性」！人性的光輝面如果不能及時淬鍊出來，那社會還是一個跛子。相反的，在君主時代，只要有聖君賢相，一樣可以有民主之實。古代皇帝常自己謙稱「寡人」或「孤」，其實現在的總統既「孤」且「寡」的又豈在少數？

所有的人，如果一旦進身金鑾殿，爬上龍椅大位，想要不專制，想要不蹈「權力的傲慢」，大約都很困難。所以須有「能臣」來制衡，「能臣」也許等於古時候的在野黨吧！麻煩的是，「能臣」一不小心，就會人頭落地。所以「能臣」玩的那種遊戲是：把大好頭顱加上絕世才華，去搏一場為民爭理的勝局。

魏徵搏得極好，因為他一無所懼。當然，也可能是因為他遇見了一世英主，但李世民其人如果沒遇上好對手，其實也很可能一生只是個無賴的狠棍。而這位一千四百年前的唐太宗卻由於某種領悟，懂得了魏徵才是他自己人性中可能達到的極善。而魏徵也藉著皇帝，讓「善之權力」得到無限的擴張。

在傳統社會慣用的道德詞彙裡，有些是有著對等地位的，例如「兄友——弟恭」「父慈——子孝」。但有些則不易找到，例如「忠君」的相反詞就不易設定。勉強可用慈臣（出於《墨子》），但也不常見。換言之，君對臣的那種情感，好像竟沒有發展出一個專有的動詞來。倒是有一句話常聽人說，那就是「伴君如伴虎」。

君是虎，華美燦爛，是獸中之王，但他是獸。臣才是人，是必須和猛獸周旋的人，這人如果周旋得優雅可觀，就不免成為一項值得欽佩的特技。

自古名臣多半溫良恭儉讓，像伊尹輔商湯，像孔明輔劉備。但魏徵輔李世民，卻有幾分霸道。例如，他可以在狹路相逢之際讓李世民嚇得把他不該玩的東西（一隻鳥）藏在袖子裡，當然自古以來帝王或總統都有他們被視為不該玩的東西，例如鳥，或股票，但李世民如此怕魏徵，卻又一日不肯離魏徵，可見魏徵的確有其人格魅力。

所以說，用嫵媚兩字形容自己的臣子，的確是個耐人尋味的好詞眼。

附帶說一下那隻鳥的結局，魏徵看破李世民的壞小孩把戲，故意遲遲不走，東拉西扯，喋喋不休，鳥在袖子裡悶久了，也就魂歸離恨天了。

桃紅配蔥綠

西洋戲劇理論中有個常用的字眼，叫 conflict。粗粗翻譯，可譯為「衝突」。有人把安排衝突當作編劇的不二法門，以為有衝突才有戲，無衝突則無戲。但衝突其實也分廣義狹義，狹義衝突是你刀我槍，兵戎相見，但廣義衝突則不妨把彼此頂著、耗著的對立形勢全算上去。

李世民和魏徵從戲劇上說，並不是真正的衝突對決的天敵，他們是有其共同奮鬥目標的人。他們之間的關係變成了張愛玲所說的，不是大紅對大綠，而是桃紅配蔥綠（或云粉紅配酪梨綠），更偏向中間色系。這種作品在大是大非中更有其討論的餘地，因為它在冷冰冰的政治關係中加上了人性的趣味，所以在微妙的對立中，其衝突的力量是參差斜刺的。從戲劇的觀點來看，把李世民和魏徵送到同一個舞臺上，是極自然又極高妙的構想。但這樣的好故事其實經不得「聖君賢相」的模子，一旦套上「聖君賢相」的模子，則人物的精彩立刻就變味了。

看到陳亞先的新編劇本《李世民與魏徵》覺得很好，一般平劇劇情難脫其在野臺戲階段，為取悅庶民而刻意安排的鮮明人物性格。但時至今日，能安靜下來，深掘某些角色的內心深處的寫法，應該是一種很不錯的嘗試。

斬下龍王頭

當然如果談「李世民和魏徵」的故事，我個人覺得，放棄《西遊記》裡的荒誕不經的傳說是怪可惜的。因為荒誕不經，其實反而充滿戲劇極其需要的詭祕和魅異的效果。《西遊記》裡有什麼可用的資料呢？（其實別的書裡也有資料，但《西遊記》比較出名），關於李世民的部分提到這位君王晚年患精神方面的疾病，用現代的醫學術語來說，就是「幻聽」和「幻視」。呀！這裡面有太多太多可以想像的空間了，因為這樣一個堂堂帝王居然睡不著，而且總是在恍惚中聽見拋磚弄瓦的聲音，最後靠兩位將軍作為保全人員，才終於安睡（後來這兩位將軍的尊容就變成畫像，並進而成為第二代門神了）。李世民怕什麼？是不是在他心靈深處隱藏著一些內疚神明的幽密不可告人的罪惡感？為何他像個膽怯無告的小男孩，要大人來陪著才敢睡覺，這裡面可挖掘的東西太多了。

而說到《西遊記》裡，魏徵斬涇河龍王的故事，那就更精彩了。李世民是個睡不好，常為惡夢所擾的皇帝，魏徵則是隨時可以入睡的打盹大王。他連和皇帝對面下棋也會瞌眼睡去。（跟皇帝打交道，想來是很沒趣的一件事吧？）更離奇的是他竟在一夢悠悠之際，揮刀斬了涇河龍王的頭，一時血雨腥風，好不慘然！上天安排魏徵來做此事，李世民看在眼裡，多少有些吃醋吧？人間的賢臣原來連龍神也斬得！而且，後來唐皇去地獄，一路也是靠魏徵的人際關係在幫忙打點，最後還透過偽造文書而多活了二十年。

所以說《西遊記》裡的魏徵顯然在君臣的比劃上更占優勢，因為連天上、地下和水裡的都歸服了他。李世民反而是受良心煎熬而恐懼觳觫的弱者。《西遊記》好像本來不必寫這些，因為大家都知道《西遊記》的重點在寫孫悟空。但為了寫孫悟空就必須先寫三藏取經，要寫三藏取經則要先寫中國對「外來宗教的需求」，要寫宗教需求，則李世民性格中極強和極弱的矛盾必須凸顯出來。

但陳亞先的《李世民與魏徵》完全不打算寫這一點，其實前不久中國大陸演出《貞觀盛事》，也是寫這個故事。該劇比較著重寫正人君子式的「好良臣」，歷經劫波，終於完成貞觀之治，主題也算成功。但陳亞先的劇本卻只淡淡地寫著一些「人跟人在一起時的真摯情意」，很像他極受歡迎的另一個劇本《曹操與楊修》。一切人跟人之間的互信和互猜，互愛和互厭，互重和互疑，互敬和互慢，互需和互憎，互念和互惡……這一切，是如何說也說不完的故事。

佛家認為人生有八苦，其中我們所熟悉的是「愛別離苦」和「怨憎會苦」。你有所愛卻注定和他分開，你有所怨卻不得和他黏聚打混。（這兩種倒楣事，情人、企業家和政治人物都會碰到）說來，也真是無奈。不過，奇怪的是，漸漸的，你發現，你所愛的和所憎的居然是同一個人，那番驚訝想必更大。原來，可愛可憎的竟可以是同一個對象，你簡直不知該渴望與他相會或相別，這也許是世間八苦外的第九苦吧？把「愛」「憎」「別」「聚」說得那麼歷歷分明的，或者是宗教，但品味出「愛憎渾茫」「聚亦別，別亦聚」的人世，才是戲劇的層次吧？想來，「衝突」，不是戲劇的要件，「複雜」才是。

李世民是個複雜的人物，魏徵也是。舞臺上同時出現了兩個「老生」，這倒是對傳統平劇表演方式的小小挑戰。（《貞觀盛事》裡的魏徵則是個花臉）兩個老生，如此相似，唯一不同的是，李世民不帶髯口，顯得年輕些。其實，平劇的作者和導演都應該認真考慮一下男性演員在「小生」和「老生」中間的「中生」。以現代人觀念看傳統角色分類，只要「不小」，就逼人「去老」，未免比歲月還無情吧！

聽說演出李世民的是吳興國，不免令人期待。平劇如果已經宣告歸零，則我們現在的演出只不過是把「骨子老戲」這種祖先畫像重掛出來，大家再拜一拜。而平劇的生命顯然還應有若干年的陽壽，所以我們有權利希望見到新的表演者，新的編劇，加上新的詮釋和新的觀眾。曾經《斬經堂》是好戲（如今，這種戲怎麼看得下去呢？），曾經《四郎探母》是好戲。但很希望若干年後，有人說《李世民與魏徵》是好戲，《王有道休妻》（王安祈教授新編）是好戲……。

作為觀眾的我們，好像也有權利這樣期待吧！

二〇〇四年五月十日《聯合報・副刊》

古人的幻事

——兼談《化人遊》的演出

不知你周邊有沒有這種人，或者，你自己就是這種人——究竟我說的是哪種人呢？就是明明有父、有母、有兄弟姊妹，或有朋友、配偶、子女，卻偏偏要透過網路跟不知什麼洲什麼城的人來掏心掏肺套交情。當然，彼得（其實就是阿雄啦！）的女友，那位馬達加斯加的十八歲窈窕美貌的混血小姐瑪格麗特，也許只是個七十歲的癡肥老頭子。而自稱是女運動健將網球公主的伊莉莎白，其實是個癌末病人。至於跟她朝朝夕夕互通情話自稱擁有十輛名車、兩棟豪宅、精通四國語言的道格拉斯，則是個剛假釋不久住在中途之家的殺人犯……當然，反例也有，自稱是龍山寺街友「可憐龍蟲」的傢伙，可能是富家千金，開著老爸給她買的賓士去上研究所的課。

這些現實社會中的種種離奇情節，其實比小說詭異難解多了。

幻化自己，並跟另一個幻化的他人來往，是近二、三十年來文明世界的怪把戲。有人不免會想，古人，有沒有這種經驗呢？

或者有吧！譬如說，作夢的時候。像三百年前的英國詩人柯立芝，他因病痛服食了鴉片，產生幻覺，他的魂夢居然跑到元朝忽必烈汗大皇帝的皇宮御苑裡去遊玩了。真實世界的忽必烈汗有沒有那些沃野千里的美麗園囿呢？我們實在不知道。就算有，柯立芝也晚生了四百年，元帝國早已傾倒。真不知怎麼回事，那座宮室竟然未走進歷史，反而入了柯立芝的夢。柯立芝也不愧是個好詩人，他醒來立刻援筆直書，寫下了詩作二頁。這時候，唉，這時候，也許是天意吧，居然冒出了一位冒失鬼朋友，他竟跑來敲門找柯立芝聊天，朋友之間，噓寒問暖，哈啦哈啦張家長李家短原本不算什麼，可是那天柯立芝經這位朋友一打擾，靈感立刻灰飛煙滅。夢中華美如天堂的幻影怎麼來的，也就怎麼去了！永遠去了！只剩下可憐懊惱的詩人柯立芝，客人走後，無論如何想破腦袋，夢中的奇燦美景就連一點也想不起來了。記得的只有一個模糊的印象，「我曾走進一座大皇苑，宮室連雲，花團錦簇，美不勝收……」

但，說這種空洞的印象等於什麼也沒說啊！我們只能為一首完成不了的詩而扼腕。唉，也許天意如此，夢中的奇景奇遇只能吉光一閃，這是天機天祕，原不該讓世人等閒得知啊！

不過，中國古人最常見的神遊則是去選擇更古的古人作為往來戶。孔子日思夜夢的對象是周公，而蘇東坡則帶著陶淵明走天涯，甚至一同遠赴海南島，而且還把陶詩一首首拿來依韻唱和，彷彿兩人是室友。辛稼軒更自負，他居然說：「不恨古人吾不見，恨古人不見吾狂耳！」他不但攀交古人，他也希望最好古人來作他的「粉絲」！

兩相比較之下，今人希望打破「空間的限制」，去跟遠方的陌生人做朋友。古人則想打破「時間的限制」，緊跟先賢套交情——算來，都屬於很有趣的「出走行為」。當然，如果你要我選，我會選後者，因為跟古人來往既安全可靠又可以選擇與最優秀的名人來往，例如，白居易。你如果想跟他聊天聊到半夜三點，他絕不會在兩點鐘的時候提前告退，掃你的興。

好，我們再來說說歷史上「漢」民族以皇權方式統治中國的最後一個朝代——明朝。說到明朝，雖然軍事不怎麼強，人民倒也過著尚稱局部安樂的小日子，戲曲的創造也因而頗為可觀。跟元雜劇比，明代戲曲創作又多又長，動輒四、五十齣，扮演起來頗為不易，所以常常只演它一兩齣，稱為「折子戲」（指單折）。其中《牡丹亭》最出名，劇情是杜甫的後代與柳宗元的後代在魂夢中相遇，後來歷經生死大劫，終成眷屬，算是一段奇緣。這類戲，我們叫它「傳奇」，倒也名符其實。

像《化人遊》這部戲，從時間上來說，作者丁耀亢是身跨明、清兩代的人，但清人寫劇本的方式一般都沿襲著明代傳奇的路線，也就是說，作者放膽去揮灑他的才華、奇想和典故、詞藻，全然不考慮劇團全本演出有沒有困難。說起來，劇作者和劇團（包括導演和演員）常是亦敵亦友的兩造。像湯顯祖（《牡丹亭》的作者）彆扭起來，是全然不管人家音樂上唱得來或唱不來的。這丁耀亢寫《化人遊》也是如此。他只管自顧自馳騁其無邊的想像力，讓男主角跟名士、跟美女（如西施、楊貴妃或莫愁）、跟李白、跟仙女，甚至跟崑崙奴共作跨朝代之遊，或徜徉海上縱目萬里，或共處大魚之廣腹，另闢乾坤。其間還險些被誘拐，做了海龍王的女婿……。不料，乍回首，船不見，人不見，連海也不見了。雖云，眼見為真，手觸為實，但終於，世間事原來只是一場彈指即逝的幻象啊……。這種戲，想來必然好看，但必須演員眾多，舞臺效果精良，只是這麼一來，其實，三百多年便匆匆過去了，大家於是乾脆把它當「書齋劇」或「案頭劇」（Closet drama）來閱讀，誰敢演它？

但好導演如果拿到好劇本，不免手癢，像棋逢對手，在見招拆招之餘，妙手自能締造妙境。雖然，三百多年過去，這才是第一次有人敢於放膽來演出，但今天劇團的底蘊比當年「衝州撞府」的「家族劇團」的條件畢竟要好一些，臺灣戲曲學院一向又是個認真打拚的團體，想來演出應是令觀眾賞心悅目而且益智慧、滌魂魄的好戲。

二〇一五年四月十二日《聯合報・副刊》

我們來看戲，好嗎？

1

深夜，在窗前校稿，自己三十年前的戲劇舊稿，不由得想起俞大綱老師的一件小事。

記得，他曾對我說，他喜歡關漢卿的《趙盼兒》，很想把它改成平劇寫出來。

「那就快寫啊！」我說，我也深愛那劇本。

「連怎麼寫都想好了——其實，世人都以為那是個喜劇，不是啊，實在是悲劇啊！」

「為什麼還不寫？快寫啊！」

俞老師不太在乎學生講話沒大沒小，我也就自認為可以大聲「鞭策」他寫新戲。我其實也並不真是他的學生，當時像我這樣的人有一大票，大家各自有所求。無形中，他好像成立了一個「俞氏智慧供應基金會」，免費指導每個來請教的人。至於臉皮更厚的傢伙，還可以騙到好吃的好喝的。唉，那個令人懷念的年代啊！後來，被我一次次催得緊了，俞老師終於說了實話：

「寫，我當然也想趕快寫，但我每次一想到要寫新戲，就想起手上還有幾個舊戲須得先改一改，舊戲都沒整好，怎麼又去寫新戲呢？」

話是沒錯，這簡直像舊情未了，新情不宜生發，我因而啞口無言。俞老師不久瘁逝，想來令人扼腕，對我而言，俞老師走了已夠叫人傷心，趙盼兒也一併香銷玉殞才更可嘆。

唉，整理舊稿是多麼煩人的事啊，有時連它們跑到哪裡去了你都搞不清，等千搜萬尋將之緝捕到案，又須一字一字來校對，而校對的時候，一幕幕前塵舊事紛紛回到眼前來，而我的年齡已漸漸接近當年俞老師的年齡，況且，去歲又遭一次病劫……

然而，電話鈴響了，出版社的催稿債主又是威逼又是哀告，我想，我大概是幸運的，如果不是有人相強，照我隨散的性格，大概拖到十年後也未必出得了手，俞老師當年要是碰上個狠心的出版社就好了！

2

我的戲劇演出大約是從民國六十年到七十年的事，回想起來，大部分都是愉快的記憶，例如每次的跨年演出常演十幾天，時間從聖誕假期到新年假期，地點在植物園裡的藝術館，八百人的場子，觀眾和舞臺間有一種呼吸與共的相濡……

至於那些導演和演員，我對他們也覺欠著一世恩情，像黃以功、洪善群、金士傑、王正良、徐以琳、劉墉，他們如今都是管領風騷的人物。其他合作的人包括劉鳳學、林懷民、羅曼菲的舞蹈，聶光炎的舞臺，凌明聲的海報，龍思良的攝影，侯啟平的燈光，陳建台、陳建華的音樂都是一時之選。劇團的大部分資料如今皆因一場颱風大水而毀了，但記憶尚在，包括某次演出的首演日林懷民送來一盒蘋果給演員吃，那時代蘋果比較希罕，而那蘋果在冬天密閉的後臺顯得特別甜馥清香，我至今還能嗅到那四處播揚的幽微的氣息。

另外還有某個演出的晚上，觀眾都走了，我在觀眾席上收拾善後。忽然，趙琦彬先生出現了，他有點不好意思，說話也有點打結，他說：

「我其實已經要回家去了，走了幾條街，想想不對，我還是要走回來，回來跟你說一聲。」

回來說什麼呢？記憶中他也沒說什麼，但他誠摯的眼神我至今記得，「愛戲人」的眼睛是另外一種，很難形容，但碰到的時候你會知道。

趙琦彬先生已作古十幾年了，他去世後學生為了紀念他演了他的舞臺劇《壩》，演得不好，但我還是去坐在冷落的劇場中一直到落幕。因為，除了劇場，我不知道到那裡可以找到這位故友。

不愉快的記憶也有，例如常常挨批（那年頭，文藝界有點愛打筆仗）。還有一年有個劇叫《自烹》的，甚至申請不到演出證，那一年的演出只好開空窗。「申請不到演出證」其實也不等同遭禁演（當然，實質上你是演不成的）。三十年後的現在回想起來也沒那麼嚴重，就算在當時，我雖氣憤萬分，到處奔走打聽問題之所在，但從來也不想打起什麼悲情牌或把自己變成「受迫害作家」。在我確知戲演不成之際，我的決定是立刻著手寫來年的劇本《和氏璧》。

《自烹》後來在香港和上海演出，在這之前《和氏璧》在北京演出，都算轟動。那是八〇年代初期，北京方面很希望我去首演禮，但如果全臺灣的人都並沒有合法途徑赴中國大陸，我先偷跑，雖可造成一時名利，總覺得此事不夠講義氣，本姑娘有所不為。

到了九〇年代，《自烹》在板橋國立藝專邵玉珍老師的導演下，作為學生畢業演出的劇碼。

3

後來，很好玩，不知怎麼回事，竟常有研究所的學生來找我，目的是把我變成他們的論文資料。啊，原來我是「被研究的」。我有一點喜悅，也有一點悲傷，喜悅是因自己勉強有一席之地，悲傷是凡被研究的大概都是些塵埃落定的東西吧？像《太和正音譜》，這本有關元雜劇的研究，其實是明太祖的第十六個兒子朱權所作的。我如果已成為那些研究生研究的前朝素材，也只好「由之」吧。

4

有人要演我的戲，問我該怎麼演，我說「你來問我，原因只有一個，因為我還活著，可是我是會死的，如果我死了你去問誰呢？你如果導莎士比亞的戲你去問誰呢？你自己想怎麼詮釋就怎麼詮釋吧！就當我已經不在這世上了——反正這件事是一定會發生的。」話雖如此說，我竟有時跑到紐西蘭，有時跑到新加坡看他們的演出。此事費時耗力又沒錢，可是，能看到躺在劇本中的故人一一復活起來，在聲光電化中與你共渡一宵，人生還有什麼更好的事呢？何況，在海外演出，它又意味著華人文化凝聚力的焦點。

更奇異的是高雄文藻學院曾把《和氏璧》譯成德文來演出，蔣維國教授將《武陵人》譯為英文在英國演。看到洋鬼子演〈桃花源記〉的劇照簡直不敢置信，不過，據說現場觀眾皆為之動容。

5

民國九十三年，有一天，我從學校開車回家，夜有點深了，我還在高架橋上驅馳。忽然，手機響了，唉！我不禁責罵自己，該死，怎麼忘了關機，此刻接機其實是極危險的！——當然，也可以不接，可是，我又是個好奇的人，這麼晚了，快十二點了，誰會這個時候找我呢？

我接了，原來是藝大戲劇主任鍾明德教授，他嚕嚕嗦嗦地跟我談起戲劇來，我心裡急得要死，天哪，此時我用單手馳車，要一出事，就要命喪黃泉，我怎能跟你風雅下去？更何況就算死了，名聲也不好，會給人拿來當負面教材，勸人如何注意駕駛安全。

終於搞懂了，他接了個企劃案，為文建會整理劇作家，我是「企劃案之一」，他要我答應「被寫」，我其實不想答應，我為什麼那麼不識相呢？人家肯出錢出力，有人來寫你捧你抬你，幹麼不答應呢？唉，只因想起了莊子的寓言，我不想做那隻被供在廟堂上的靈龜板，我想做的是拖著滿身稀泥，在窪地裡亂轉亂走的普通烏龜啊！

可是，我輸了，這真是沒辦法，我如果不答應，鍾教授就會繼續嘮嘮叨叨遊說我，把出書一事當成攸關民族生死存亡的大事，而我很可能就在聽手機的當下血肉模糊，兩害相權取其輕，我還是答應他吧！

這次答應，其實事後很後悔，撰稿人金明瑋是有才華有經驗且極熱心的女子，但人生在世又豈是為了被採訪而活？又豈是為了找照片而活，我之深愛舞臺劇不正是因為它的「暮生暮死」（比朝生暮死還短命）和「船過水無痕嗎」？每次我被她逼瘋的時候（這樣說不公平，其實是她被文建會的截稿期逼瘋）都不免恨起那隻手機和鍾明德教授來。

接下來書在年底如期出了，書印得很好，是本冷門書，書一出，我又不後悔了，不，不是不後悔，是感謝。新書發表會上來了些老友，那天我有點感冒，卻大著膽子把《位子》中的說書人一角所唱的歌唱了半首：

憑一條沙喉老嗓
憑一把破板殘弦
衝州撞府
露飲風餐……

丈夫大吃一驚，說他和我相識五十年，就從來不知我還會唱歌。其實，那天令人感動的當然不是我的嗓子。

說來，如果人生可以自己選擇時空來投胎，我喜歡做個文盲，生在亂世，窮鄉僻壤，或為男或為女，記憶力奇好，胸中熟記上千個故事，上萬首詩詞，且天生一副好嗓子，彈一手好三弦，然後，像歌詞中形容的，衝州撞府，露飲風餐……對，我要做的其實是一個遊唱詩人，肯聽我的人不必太多，也不能太少，而丟在塵埃中的賞錢恰好夠我吃飽穿暖……

然而，沒有選擇，我過的是我目前的日子，我沒有過成的日子只能在魂夢中偶一浮現。

6

退休的歡送會在六月舉行，我對學生用閩南語形容自己未來追求的人生境界，我說：

「我走（跑）——乎你抓（讓你抓）——乎你抓冇（讓你抓不到）——」

一個作者的對面常站著一大排的批評家和文學史學家，而讀者站在另一邊，他們是觀眾。批評家常常帶著鐵鍊來拿人，想把作者各自鎖入「寫實主義」或「鄉土作家」或「軍中作家」或「散文作家」的牢籠裡。可是，一個活蹦亂跳的作家哪能那麼容易就來就範呢？你抓，他當然要跑——

好，你說我是寫散文的嗎？我就偏寫戲劇給你看。

及至你來宣布我是劇作家，我又偏去寫兒童故事。

等你說我擅寫兒童故事，我就跑去寫論文。

等你承認我能寫論文，我就跳出去做個「環保份子」給你瞧。

我難道是邊跑邊打有七十二變的孫悟空嗎？不是的，只要你不追打我，不定義我，我很願停下來讓你看個清楚，我只是我，只是一個深愛中文（你要叫它「華文」也隨你）的女子，企圖留下一些眾人想說而未說出的話。

蘇東坡從不知自己是詩人，是詞人還是散文家、書法家？他只是一路寫下去而已，我們難道不能學他嗎？古代文人是什麼都敢於去試一試或去「參一腳」的，你信不信，東坡的「食譜撰述」也不錯喔！

以上是因為太多人問我「你為什麼寫劇本？」而道出的理由。

其實，我的人生角色常是混淆的，譬如說，我管我媽媽的時候，既是女兒也是媽媽，我上課的時候，既是老師也是老母。我寫戲劇會冒出散文來，我寫散文偶如寫兒童詩，我寫兒童詩有如講故事，我講故事忽如演講，我演講又如同扮演戲劇……不可以嗎？

7

劇本是無聲無影的戲，這種戲，你願意看嗎？於無聲處聽驚雷，於無色處賞繁花，需要的只是一點想像力，你肯投身嗎？我們來看戲，在紙上，好嗎？

全文寫完了，忽然想到還有二件事要補充說明一下：

一、本書封面是《和氏璧》當年的舞臺設計圖，設計人是聶光炎先生，在打算使用這幅封面之前，我先打電話徵求聶先生同意。他不在，接電話的是個大男孩，我楞了一下，想，這人恐怕就是從前我常去聶老師家談劇務時，桌上放的那張裸照中的小男嬰。後來找到聶老師，相詢之下，果然是他。啊，原來三十年過去了！封面的事聶老師欣然同意了，我極愛聶老師的舞臺設計。彷彿法師登壇時須有壇，美人起舞時須有榭，聶老師的舞臺本身即是戲。

二、封面上的字是臺靜農先生的手筆，他罹病時我去看他，不知怎麼談到荷花，他抱怨自己缸中養的荷花開得不好，我就去慕蓉家要了一缸送他，臺老師看了花很滿足說：「哎——沒料到今年還能再看一次荷花！」

我為此事回家痛哭，原來，那年年燦開的荷花竟不是我們理所當然年年看得到的。

臺老師不久過世，「曉風」兩字是他題贈書法集時寫的，今日我用來思憶其人。

二〇〇七年一月十日《中國時報．人間副刊》

後記：這篇文章是我出版《曉風戲劇集》時的序文。

輯三／在眾生的眉目間去指認

高級誠實

——人物品藻

「他這人好，他這人誠實！」

說這句話的人是齊邦媛老師，而被他讚美的人則是我們共同的朋友隱地。

隱地是出版人，開出版社而誠實，雖也算難得，不過算不得太高規格的讚美——但齊老師畢竟是齊老師，她話鋒一轉，加了一句：

「我說的不是一般的普通誠實，是高級的誠實！」

為了她一句「高級誠實」，害我反覆咀嚼，思來想去，企圖揣測出「普通級誠實」和「高級誠實」究竟有何不一樣？

普通誠實比較容易懂，那就是不剋扣作者應得的版稅，不會印了五千本卻騙作者是三千本，或騙說，根本沒再版，那種出版社真是又「做出版」又兼營「詐騙集團」。

但，「不詐騙」並不等同於「有道德」，這只是做人的基本要求啊！如果出版社坑人，那已是觸法了——只是受害者不容易抓到證據罷了。

那麼，更上一層樓的誠實又是什麼誠實呢？我的體會如下：

俗語中有句話叫：

「心口如一」（註1）

另有話叫：

「心口相應」（註2）

這兩句算是褒人的句子，略等於「說話實在」。

跟這相反的兩句話則是：

「心口不一」（註3）

「心不應口」（註4）

這兩句是貶人的話，略等於「滿嘴謊言」。

如果把世上之人只分成兩種，「誠實的」和「撒謊的」，唉！那事情就好辦了。反正，好人，我們親近，壞人，我們躲著，豈不萬事清吉？

可是，麻煩的是，說話的人往往並不知道自己的心，他只是「自己覺得是這麼回事」，但他做不到，時間和事實都證明他做不到。他本無意做騙子，卻不知不覺成了騙子。這種騙子最容易讓我們上當，因為他在騙我們之前，他已先把自己騙倒了，所以在他「心口如一」時，便表演得特別動人。讓女孩子誤信為情聖的男人，他自己其實對自己是篤信不疑的，所以話才能說得那麼激昂如真。保證自己謙虛客觀的人，其實他不但不謙虛，他還背著一條罪行——那就是「自以為謙虛的那種傲慢」。

天主教在羅馬蓋了一座聖彼得大教堂來紀念聖徒彼得，彼得當年在耶穌十二門徒中算是「類老大」。耶穌上十字架前曾說：

「如果擊打牧人——群羊就四散了。」

彼得嘴硬逞強，竟說：

「眾人皆逃，我獨不逃，就是赴死，我也甘之。」

沒想到事發後，他表現得竟是「第一孬」，一夜之間，雞鳴之前，他居然三次說「我才不認得他哩！」還加上「我聽不懂你在講什麼啦！」至今，在聖地，猶有人蓋了一座「雞鳴堂」，以誌此事。（註5）

漢武帝幼時也有「金屋供養阿嬌」的豪語，當時他們是小男孩小女孩，他並不真正知道一個男人，特別是身為青年帝王的男人，在兩性關係上有多少試探。他拍胸脯保證的，是二十年後的自己——但他並不懂二十年後的自己啊！把阿嬌打入冷宮，那還真不是普通的絕情！

彼得和漢武帝當時都「心口如一」，但又所云非實，因為，他們並沒有足夠的修為透過深刻的觀照來省察自己——換言之，他們根本不知道自己的真相。

隱地和我的關係始於出版人和作者，但後來我卻視他為朋友。業務是一時的，朋友是永遠的。所以這篇文章我比較想論隱地其人，一個因誠懇而能明明澈澈檢視自己的人，一個不唬弄自己也不唬弄別人的人，一個清朗自省的人，一個可以交朋友的「高級誠實」的人。

註：

1《兒女英雄傳》二十回，「真個（格）的，你家這個姨奶奶，雖說沒什麼模樣兒，可倒是個心口如一的厚實人兒。」

2《金瓶梅》二回，「武松笑道：『若得嫂嫂這般作主，最好。只要心口相應……』」

3《醒世姻緣傳》八十二回，「我是這們（麼）個直性子，希罕就說希罕，不是這們（麼）心口不一的。」

4明朝楊德芳《步步嬌．閨怨》：「恨他心不應口，把歡娛翻成僝僽。」

5見《聖經》〈馬太福音〉二十六章二十一至三十五節，〈馬可福音〉十四章二十七至三十一節，

〈路加福音〉二十二章三十一至三十四節，彼得臨危大言誇口，耶穌卻預言，「雞鳴（天亮）之前，你會三次否認我。」不料竟如所言。彼得第三次向官府之人說「我不認得他」時（其實，所謂官府之人也不是什麼大官，只不過是些僕役侍女罷了，彼得便已嚇破了膽），耶穌方回眸凝睇，彼得無地自容，奔出外場痛哭，聖地「雞鳴堂」其外形設計肖似一滴淚珠。

二〇一五年七月《文訊》

林語堂、梁實秋、趙寧

話說九十年前的北京。

那時候文壇頗熱鬧，熱鬧的原因是由於大家愛打筆仗，如同飛彈互射，一時騰騰烈烈，煙硝遍地。

究竟為什麼事打呢？譬如說，有人主張白話，有人主張文言，前者罵後者僵化，後者罵前者膚淺。又有人主張藝術當「為人類服務」，卻有另一方卻主張藝術當「為藝術而藝術」，前者嫌後者自拘象牙塔，後者認為前者有為一時之左派論述折辱千古藝術之嫌疑。

民初文人在這番吵吵嚷嚷中鬧了二十年，這時候，忽然蹦出一個不合時宜的林語堂，他居然提出幽默一詞。在那個打得腥風血雨的年代，這件事本身就夠幽默的了。

林氏當然不太成功，而且還很倒霉的被毛澤東嗆了一番，好在林氏在美國有稿費可活，不怕任何人罵他。罵林氏當然很容易，很現成，國事如麻，你小子是誰？居然叫我們大家要來幽默，幽默可以救亡圖存嗎？當時有位做編輯的（就是梁實秋啦），在徵稿啟事上寫了一句：「跟抗戰有關之事歡迎，跟抗戰無關的文章也歡迎。」就挨左派分子圍剿一陣子。

●

林語堂和梁實秋，從我看來，如果用老共愛用的話來說，他們也是「愛國主義者」。但他倆愛的方式不同，他們覺得這個古老民族的性格未免太板正太偏枯，用點幽默感來提一提，會讓整個氣味鮮潔澄澈起來。幽默一方面是洋人的新藥方，一方面其實也是中國古來失傳的遺緒。

林語堂雖然提倡幽默文字，自己寫下的幽默作品卻很少。他有點像教練，只負責指點，自己下場打球的機會並不多。林氏雖也著作等身，但他實在太多才多藝，於是他編雜誌、寫小說、寫論述、寫傳記，並且一人獨當一面弄起中國文化外銷的大業。中年以後又跑去南洋大學做校長，最後陷身在一部中文打字機的創製裡面而不得自拔。所以他真正能放在「幽默散文」的精力十分有限，實在是有點可惜。

相較之下，梁實秋的「雅舍」系列便有其可貴處。它在不自炫處有其學問，不自播時有其節操。梁氏倒並不提倡什麼幽默，可是梁氏活著，已自有其像魏晉人物一般的風致，跟四週橫眉豎目咬牙切齒的人物相比，真是不戰自贏。

但梁氏畢竟是二十世紀初期的人物了。渡海來臺的晚輩在驚魂乍定之際，一時也寫不出什麼幽默文學來，等到像趙寧這種人物出現已是二十世紀中期了。

他是南北血統的完美結合（杭州爸爸，陝西媽媽），是讀書好孩子和球場健將的結合，是能文能畫的天才，是於家庭極孝友，於團體極赤誠的哥們，是容顏煥發學歷傲人的學者。

從民國五十多年，到民國七十多年，他以趙茶房、趙老大自侃，寫留學生涯，也寫小市民的市井生活的無聊無奈。趙寧當然不及梁實秋淡雅博學，但他幽默天成，寫的又是連林、梁二人也寫不出的純白話。他且不善（或不屑）遮掩，連愛國這種事情，他也百無禁忌的寫來。我覺得他的出現讓幽默文學一脈相承續命下來。對岸的錢鍾書如果要來幽默一下，他當然是最佳繼承人，可惜他被關在五七幹校，哪有可以再寫作的膽子。

傻楞楞一個獃大個，年過五十才結了婚。結婚後的趙寧很有趣，做了爸爸使他脫胎換骨，他有名的笑話是「有子萬事足——就是睡眠不足」。

趙寧早逝，令人浩嘆，但他留下的作品和漫畫讓人懷念，那個時代如果沒有趙寧，真會有點悶呢！幽默其實是可以富國強身的，而老毛那一幫顯然不懂這一點。

●

趙寧棄世不覺已一年，我想起他生前有則小故事，有一次，他有個朋友想移民紐西蘭，便拉他陪著去辦手續。朋友忙著在那裡填表格並回答移民官的問題。趙寧枯等無聊，就坐在那裡胡亂畫起漫畫來。不料另一個移民官在室內逡巡，看到他的畫居然極為欣賞，那人堅持說趙寧是「技術人員」，是紐西蘭需要的人才，強邀他填下表格。事情後來的發展竟然是趙寧朋友的申請遭打回票，趙寧卻被核准可以移民紐西蘭——當然，他從來沒對那塊土地動過心。

我想，上天也是如此，有些祂偏愛的人，祂就讓他們移民而去。珍重了，趙寧，臺灣的諸種美好裡，也曾有你提供的養分。

二〇〇九年八月三十日《中國時報．人間副刊》

「你，還在『人間』嗎？」

——悼念「亦狂亦俠亦溫文」的信疆

臺灣，出人

有一次，在一個國際性的會議上，有位老外，隨便問了我一句社交語言：

「你們，臺灣，出產什麼？」

「抱歉，」我說，「像石油那種好東西，我們是沒有的，煤和金子和森林，因為被日本人殖民了五十年，所以也都採光了。我們有點稻、有點水果、有點糖、有點甜番薯（老外把我們吃的這種番薯叫甜薯），但，這些都不是我們真正的產品。」

她瞪大眼睛望了我一下：

「那……」

「我們真正的產品是人，我們的制度可以產生人才，臺灣是靠出人才才活下來的。」

亦狂亦俠亦溫文

上個月剛走的信疆其實便是這六十年來出現在中間時段的「好樣的」人才。也就是在臺灣漸漸好起來的民國五十年末到七十年初那段時間。如果說他是個才子，其實還嫌形容得太平面了，這個俗稱「三年級前段班」的人物勉強可用龔自珍贈給番禺人黃蓉石的詩句來形容：

不是逢人苦譽君
亦狂亦俠亦溫文

對今天這個時代而言，如果只是讀書人，只是在儒家氛圍中所產生的儒士，未免太溫，讓人覺得還欠缺一點什麼。如果能加上狂放落拓和任俠不羈，才算比較合乎生命美學。但，這種氣質也不是想有就有的。

信疆是個遺腹子，父親殉公。那時代這種小孩叫「遺族」，生活倒是有保障的，但生命底層卻有其淒美與哀愁。這種人成年後每每提著一顆好頭顱，隨時隨地準備為國家民族肝腦塗地。（哎呀，聽起來有點像神話吧？）

信疆在成長的年代成了一個「文藝青年」，「文藝」是那時代很常見的救贖。當然，另有一批小孩，他們的救贖是幫派，是「拳頭硬，胳膊村」的法則，是意氣的風發，是兄弟之間同生共死的情誼。

信疆且美丰儀，年輕時代的信疆令人想起盛產美男子的魏晉時代。但信疆更好，他高大、挺拔，雙目炯炯，臉色紅潤，據他的「敵人瘂弦」說，他這個陝西人想必是有西域胡人血統的。信疆的聲音有時雖因性急而顯得不夠沉穩，好在說話的內容直言直語，簡潔有力，一針見血，出語每如現代詩。

信疆是極好的「臺灣人才產品」，如果說吃苦的臺商拚出了「經濟奇蹟」，優雅而拚命的信疆也締造了「文化奇蹟」。當時他幾乎一人就是一黨，在民進黨尚未出現之前，「人間版」才是溫和有效的反對黨，才是「意見領袖」。

藏交情於天下

正規的文大新聞系出身，但據他自己說，他把更多的時間花在旁聽文學和哲學的課程。

而且，他戀愛了，和一個美麗且慧黠善良的名叫柯元馨的同學。元馨之於信疆，恰如她的名字，是他生命中元始不散的芬芳。

當他們攜手走天涯，或赴香港，或飛美國，或去馬來西亞、新加坡，當這一對璧人站出來，分明就是「臺灣最佳代言人」。（相較之下，張惠妹、林志玲哪裡夠看。）

《中國時報》在全盛時期號稱銷售一百萬份（而那時代的人口不是二千三百萬，而是一千八百萬，如一份報平均有三人看的話，全臺便有六分之一的人口每天接受它的精神供養），啊！如果日子一直都那麼好，多好。

然而，終於信疆不在其位了。

他所曾經作戰的戰場沒了，他所曾經耕耘的土地拱手讓人了。而繼任者也像走馬燈，隔不多久便換上一個。

因此，文藝界有一句流行的一語雙關的笑話：

「×××，他還在『人間』嗎？」

當時大家都年輕，對「死」那個字肆無忌憚。

我當時寫稿，後來就打定主意不管主編是誰，我只跟一位叫駱紳的編輯連絡。他因為是二線人物，所以不會遭撤換，我私底下給他取個外號，叫「永恆的駱紳」。駱紳後來雖也調職，倒是一直做到退休。

信疆走下舞臺，我最不解的是，老闆怎麼捨得的？就算不在乎他的才華，也要珍惜他在世界各地建立的人脈啊！就像陳水扁，在全球布下藏錢密窟，信疆卻是為文化前途去結交天下士，他是藏交情於天下。某位香港武俠小說的大師，因臺灣當局不怎麼喜歡他，信疆就約他於新加坡會面。進了兩人下榻的旅館，信疆知道大師愛打牌，就陪他打了三天，輸錢的當然是信疆，他不精此道，如果我記得不錯，當時輸的錢是二十萬，但他因此贏到了交情。

許多稿子，也都是靠他的磨功去求來的，當時的「海外專欄」帶給國內讀者多少驚喜啊！

每年秋天，諾貝爾獎（文學部分）揭曉的時候，也就是「聯副」和「人間」互相「衝轎」的時候。我敢說，全球的文藝界都不會像當年這兩個副刊如此「瘋狂報獎事」。由於全世界的時差，瑞典宣布得獎人的白天，往往是得獎人正在睡大覺的夜晚。這時分，信疆平日所結交的身在國外的學人，就立刻打電話把得獎人從床上挖起來，懇求他說出「得獎感言」，得獎者雖也是見多識廣之輩，卻也不免為臺灣報紙這種大陣仗嚇到。

身為讀者，第二天一早，立刻就讀到全新的得獎人的作品及感言，這件事當然會讓編輯室的人天翻地覆徹夜無眠，但信疆樂此不疲。要說「走出臺灣」，兩報當年也算得風氣之先了。競爭太激烈的時候，信疆也幾乎抓狂，有一次他在電話中跟我說：「瘂弦那人（聯副編輯）我一直是很尊敬他的呀！他是一個那麼好的詩人，沒想到他居然作出這種事來！你知道嗎，他派人來我們這邊臥底啊！你不信？是真的，否則我們的編輯策略怎麼他們那麼快就知道了呢？」

我因和信疆的小哥在東吳同學，所以也就視他為弟，我覺得他講那話有點小孩氣。但在三十年後一切都「俱往矣」的現在回想起來，不免對副刊的全盛時期發思古之幽情。那是個多麼好的年代啊！好到副刊編輯竟自認為這種事業已偉大到可以派「產業間諜」的程度。（後來，有一次，我以此事求證於某「時報人」，他說，是真的，是真的，不過，「我們也派了人去他們那邊臥底」，姑妄聽之吧！）

那麼精彩的人，我卻不跟他做朋友

今年春天，接到孫如陵先生的訃聞，當即打了電話去為他申請一面覆棺的旗。孫先生九十六歲了，在睡夢中善終，但知道他的人卻不多。想當年，從民國四十七年六月以後近三十年間，他都主掌著《中央日報．副刊》，那時的「中副」是多麼精彩啊！

在追悼會上讀到孫先生的生平，才知道他原來從小喪父，由舅舅養大。之所以喪父，是因為當年父親在「落後地區」任縣官，大過年，忽有部屬挑兩顆人頭來求賞，說是他殺了土匪（其實殺的是不是土匪亦難分辨）。孫父不賞反罰，認為他不當於過年時以血淋淋人頭來觸霉頭，這部屬一氣竟反殺了縣官，孫如陵從此成為孤兒——原來孫先生有如此曲折的故事。我有點遺憾，遺憾我不是孫先生的朋友，對於他如此奇異的身世竟絲毫不知。孫先生一生精彩，編副刊也是空前成功，是個值得結交的了不起的人，但我卻不曾成為他的朋友。

而這份遺憾也只好如此了。

同樣的，我不算高信疆的朋友，這當然也是遺憾，但也只得如此。

這件事，其實源於我自己一點奇怪而又固執，近乎潔癖的自尊心，我認為我既然是一個作者，就要避免去和編輯做朋友。作者不該跟編者成為朋友，就像商人不該去和政界人物做朋友一樣。一旦成為朋友，一旦對方因不便退我的稿而用了我的稿，我想我會羞愧欲死。我因而刻意保持不跟任何編輯交朋友。

連在版面上的位置，我都記得

不過雖不成為朋友，敬重卻是有的。他在病中，我也曾兩次去看他。

和信疆之間曾有一次對話讓我一直難忘，那次我問他：「某一篇文章，你記得它是在哪一年刊登的嗎？」他說：「一定要說幾月幾日，我說不出來，但大約是什麼時候，我是知道的。而且，我還會記得那篇文章排在版面的什麼位置。」

我聽了不免咋舌，這人對工作的狂熱投入真叫人吃驚。他一定深愛他弄到手的每一篇文章，喜歡每一天經他安排的版面，才會什麼都記得。

「你，還在『人間』嗎？」

至今，打開「人間版」，我都會忍不住輕輕說一句：

「咦？信疆？你還在『人間』嗎？瞧，這篇文章，有點像你當年邀稿的風格。而這張霸氣地橫過整個版面的插圖，也像你當年的大膽作風……你，還在『人間』嗎？」

然而，那一切都過去了。新世紀的副刊其實依然動人，動人處卻不在昔日的穿金戴銀。曾經，副刊是報紙受寵的妻子，她的丈夫出錢出力來讓她光鮮亮麗。如今她的丈夫又窮又弱，一身債務，她只好奮力掙扎，養活自己。

如今副刊的動人處在於「副刊人」的死拚活打，來為文學作救亡圖存的那番努力。讀者可能曾注意到，兩報副刊幾乎把徵文活動從年頭做到年尾，實在是不得不找點「外快」來維持報業的「家計」啊！

兄弟姊妹

兩報的副刊編輯如今早已數易其人，後生的小輩編輯大概不容易想像那個狼煙四起，短刃相搏的年代。對於三十年前「喚水會凍」的人物也不見得能十分置信。

附帶記一筆，聯副的瘂弦據云當年也是一名美男子。穿著雪白挺拔的海軍制服，在左營軍區裡帥帥的走來走去。他的妻子張橋橋也是個清秀靈慧的美女。可惜我遇見瘂弦的時候，他已漸漸慈眉善目起來，唯好聽的聲音至今魅力不減，像他詩中所形容的紅玉米，懸在簷前，一粒粒飽滿實在，凝聚了整片大平原的豐饒和馨遠。

橋橋從小就是基督徒，柯元馨於民國五十年受過洗，到民國八十四年才忽然十分熱活起來，信疆和瘂弦皆因妻子的緣故受了洗。

瘂弦有一次對我說：「哲學，不能幫人面對死亡。要面對死亡，只能靠宗教。」他又說：「橋橋雖然最後幾年活得很辛苦，但她坦然無懼，我也要學她。」終於，在三十年後，遠行的信疆可以遙呼瘂弦為「弟兄」，而元馨也可以稱橋橋為「姊妹」了。當塵世的迷霧漸散，囂聲漸歇，剩下的是屬於文學的安安靜靜的細砂，以及屬於信仰的深湛敻遠的海洋。

二〇〇九年八月《文訊》雜誌

《海內知己》

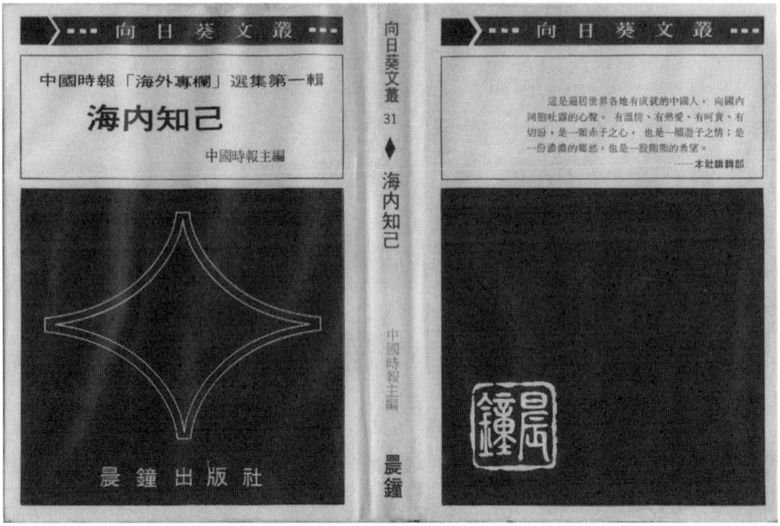

這是民國六十年在「晨鐘出版社」出版的《海內知己》，這間出版社的負責人是白先進，他是白先勇的弟弟，當時文星出版社已關門，在白先勇的熱心邀稿下，「晨鐘」出了不少好書。

這本書的內容由高信疆所策畫的「海外專欄」取來。這種做法跟孫如陵編了《中央日報．副刊》後會再出版《中副選集》（每年一冊）很像。所不同的是中副選集喜歡選些溫馨勵志類的作品，信疆則偏愛理性的、酷炫的新知。

信疆和元馨二人後來自己創辦言心出版社，代替晨鐘出「人間版」的作品。但言心出版社後來卻遭余老闆勸退，時報自己辦起時報出版社來。

在眾生的眉目間去指認

詩人辛鬱走了，雖然手上正忙著評審的工作，我還是決定去參加他的追思會，致上最後的敬意。

我跟他不熟絡，但在三、四十年前，有一次，他很鄭重地跟我說了一句推崇某位詩人的話，我當時也不覺特殊，事後想想，覺得這是辛鬱了不起的過人處。

其實，詩人百分之八十都是好人——唉，如果擅長招搖撞騙，又何必來混詩人呢？但套句夏宇的話，詩人也算某種歹徒，能做江湖歹徒的，又何必來做文學歹徒呢？故秉性純良的詩人多半只寫些迷死人不償命的美麗句子而已。

詩人雖多是好人，然而有一件善行他們卻多半吝於去作，那就是「讚美和自己同輩的詩人」——當然，受邀為人寫序的時候例外，為「小朋友詩人」寫序，則更為出手大方。

也因此，辛鬱私下向我說某詩人極優秀的那句話，我會記得那麼久那麼深，因為在別人嘴裡很難聽到這類話。去參加追思會，就是我對他「於人有敬意」的一點敬意。為人但有一好，便值得深深尊敬。

因為要去追思會，不免又在心中多盤點一些記憶，於是想起二〇〇九年，臺灣曾有十多位作家受邀齊聚山東棗莊學院，一起開文學研討會。棗莊，聽名字像個小村莊，查資料才發現這是民初即已設立專線火車站的重要地方。

會後去謁孔廟，孔子如今是華人世界的「最大公約數」。當日遊人如織。我因生平不愛背攝影機，便自在流連看景。看著看著，忽見一灰衣老衲，也來禮敬孔子。這老衲的外貌令我大吃一驚，而這人望來溫和，我便走上前去和他搭訕，我說：

「師父，我們是臺灣來的，你長得跟我們團裡的一位團員像極了，好不好，你們兩人合拍一張照片？」

師父是個好說話肯行方便的人，於是我便抓了辛鬱過來，請女詩人龔華拍照，一面一一問大家：

「對不對？對不對，你們看嘛！這兩人長得簡直像一個模子裡出來的！」

我當時其實有點無理取鬧，既強拉龔華拍照，又強拉二人入照——但也因此，留下了一張可貴的照片。如今展覽在紀念檔裡。

但我鬧著要兩個陌生人合照，其實也有一點特別的想法，我想說的是：

「不要想盡辦法證明自己是世上獨一無二的，說不定在什麼時代，在什麼地點，有個什麼人，跟我十分相似哩！或眉目輪廓，或說話行事，或心思動念，誰知道呢？說不定就真有個『另我』活在世上呢！」

辛鬱祖籍山東曲阜，他姓宓，祖先是孔門弟子（我當時不知這些背景），但辛鬱平時都說自己是杭州人，那老僧則不知何方人士，但他們如此相似，又在山東曲阜相遇，說不定真有其遙遠的血緣關係。如果將來科技發展進步，ＤＮＡ的檢查變得又快速方便又價格廉宜，我們便可滿街去認親戚。原來，四海存兄弟姊妹，竟是事實。

詩人，和僧人，在某一點上也是相通相同的吧？而今，詩人走了，不知名的僧人又不知雲遊何方去了，只有六年前的照片如今懸在牆上。唉，但願某時某地，老天真的再為我們冒出另一個詩人辛鬱來。但願在眾生的眉目間，我們能指認出一生有點辛苦、有點抑鬱、卻又潛伏自矜如深林雲豹的辛鬱。（曾經，在詩中，詩人紀弦以狼自況，辛鬱則以豹。）

二〇一五年九月十五日《中國時報·人間副刊》

曲阜孔府門前，辛鬱與老僧人（龔華攝影）

我在的，以及我不在的地方

——擬　劉俠作

親愛的，我很想你，想來，你，也很念著我吧？

但，不要流淚，至少不要為我流淚，這世上可流的淚太多了，請不要為我流淚，因為，我絕對不肯住在淚光裡。

請你微笑，請你開懷大笑，因為，透過笑，我便在那裡了。

想我的時候不必看我的照片，因為我已經不住在那個形體裡面了。

我身在陽光的金線和月光的銀線交織的華美袍子裡，我以風為呼吸，以星星為眼神，遠遠的望著你。

不要嘆息，我，不在嘆息裡。

請你唱歌，因為，我喜歡住在歌聲裡。

不要抱怨，我從來沒有住在「抱怨國」裡。
一直，一直，我都住在「感謝村」中，想我的時候，請到「感謝村」來跟我相見吧！
而且，當你學會饒恕，當你能夠體諒，當你懂得將心比心，當你用珍惜的心情好好活著，
你就會發現，我站在你這一邊，我，一直在那裡。
天上的豔陽當空，我便在那明亮的爽快的藍色裡。
窗前的春雨霏霏，我便在那溫柔的潤澤裡。
如果你抱起一個小小嬰孩，請在他澄澈的目光中追想我。
如果你扶助弱勢的孩子一把，如果你牽起他的手，你其實已經碰觸到我的體溫。
如果你肯為缺乏的人捨一塊錢，你會聽到我說：
「謝謝你，謝謝。」
如果你走到海邊，蹲下來，抓一把沙在手掌中。然後讓它從手指縫中漏去。這時候，我便
在那裡，我便會對你說：

「生命不過是這麼回事，
我們不過是細細一粒砂
被抓高起來，被沉漏下去

而在這其間最快樂的事
其實只在於你跟我曾經是，
肩膀靠肩膀的兩粒砂子。」
如果你點頭稱是
那麼，
我們算再一次相遇

後記：

「擬」，是古人很愛做的一件事。

在《昭明文選》中，「擬古」就堂而皇之的放在第三十和三十一卷裡，簡直成了一種文類。像陸機、陶淵明、謝靈運、鮑照都是個中能手。有趣的是，陶淵明去擬古，而後來，他也被蘇東坡所擬，蘇的擬陶，其質固然很好，其量也十分驚人。

好友劉俠遽然謝世，令人十分驚痛，我受邀在森林公園中的紀念會上說幾句話，實在不知說什麼才好。二月廿一日枯坐到凌晨四時，想起或者可以用古人的方法來使劉俠重新現聲。

所以，我就擬了劉俠的口吻寫了這篇〈我在的，以及我不在的地方〉。古人擬古，多半擬「老古人」，我擬劉俠，擬的是「新古人」。但願我們都能揣摩並了解曾跟我們在這塊土地上一起共同生活過的極優美的心靈。

二〇〇三年三月十九日《聯合報・副刊》

行過百年一女子

謝慶歐女士是徐州雙溝鎮人，她出生當時是民初，她從民國四年活到民國一百年，經歷了豐富卻也顛沛流離的一生。

雙溝目前是徐州機場的所在地，徐州屬於江蘇（不過在五十年代也曾一度劃歸山東），謝氏一家更早的時候則住於安徽省的靈璧縣。靈璧縣有個奇怪的特產，是鍾馗像，大家公認此地鍾馗像最靈，所以慶歐小時赴南京讀書，每逢寒暑假回老家，都要為南京的老師們買一堆鍾馗像，想來是那裡繪畫水準不錯，畫的鍾馗十分活靈活現吧。詩人鍾鼎文的岳父在民初曾為此地縣長，據他說，鍾馗像因為被公認很靈，所以，賣的時候是有縣政府加蓋官印的。這一帶的人根本不太在乎他們屬於哪一省，徐州或雙溝都是名聞天下的地方（正如臺北就是臺北）。雙溝的美酒為人知重，徐州則是古來有名的州，是兵家必爭之地，徐州這城有兩項古怪的特產，就是：「戰爭」與「皇帝」。

謝慶歐行三，是謝幼支和朱恆頤的女兒，謝幼支原名廣彬，字醒持（註）。

父親是個有財力有毅力且有宏願的人，母親生了三男四女，謝慶歐小時曾被裹了腳，好在父親剛好從外地趕回，及時解救，讓她終於恢復一雙「天足」，而這雙腳日後讓她能矯健地攜兒帶女行遍山川大地。

父親為兒女起名，即使女兒也列入排行（他們那一代排「慶」），本來女孩多半只有小名，沒有學名，但父親卻給她們取了「希聖希賢」的正式名字，慶歐的「歐」字，是希望她將來像歐陽修的母親。

慶歐小時候在自家受教育，讀的居然是父親自辦的洋小學。父親出地、出校舍、甚至出學生（把親戚小孩都叫來讀），外國傳教士則出教師，後來學校也用中國教師。傳教士得到的好處便是可以講授《聖經》，慶歐從此會背許多《聖經》。這位傳教士名叫海侔登，人稱老海侔登，後來他的兒子小海侔登也曾在臺灣傳教。他們是美國長老會的牧師。

但眾小孩讀著讀著，父親又認為鄉下小學還不夠，就命慶歐和一些兄弟姊妹從徐州鄉下轉赴南京升學。乍別工人成群之老家，遠寄異地，住在學校宿舍裡，她還須照顧妹妹，可謂是那個時代的「小留學生」了。好在四年後，舉家遷居南京。

這位了不起的、有見識的、在牆上掛著世界地圖，常叫全家人一起來看的父親，這位世居鄉下的地主，這位要交三地賦稅的富農（因為田地剛好跨三個地方政府的轄區），他且又開著雜貨店，收購的農糧品如花生等，經過上海外銷世界。鄉下人多半叫他「謝聚順」，「聚順」是他所開的店舖的名字，這家店舖開了不止一家。他的手上因此常有極多現洋，而他需要花錢的地方有三處，一是買地，二是帶家裡工人抬著整箱整箱的錢去上海捐給孫中山，三是用大牛車去收購漢墓中的畫像磚。買地，鄉下人懂，但後兩項鄉下人都弄不懂他在幹什麼，家人對墓磚尤其煩惱，因為家中堆滿又髒又重又灰撲撲的不知是何方怪物的東西，而這些收藏，在中日戰爭中全然失去了（目前徐州倒是有專門的漢墓磚博物館）——一起失去的，是父親的生命，他死於民國二十八年一月十三日，那是八年戰爭中最險惡的年代。當時空襲，他正在美麗多山的桂林指揮火車開入山洞，火車剛安全停妥，炸彈下來，他才四十八歲，卻就此辭世。

慶歐忽然由天界墮入塵泥，當時因為家境富裕，也因為母親畏懼炸彈，所以全家由南京搬到上海的法租界福黎里路安居。慶歐到晚年都一直懷念上海，但父親遽逝，務實的母親便立刻決定在兵荒馬亂的年代必須把女兒嫁掉，她並且陪著女兒一直到外孫女出生，給女兒做了月子，看到外孫女健康不成問題，才自己回徐州老家去。慶歐自認為她幼時羸弱，後來身體卻變好了，都是那次坐月子坐得極完美的緣故。

慶歐原想念大學，但因為戰爭，她所念的學校停了課，她連一張師範畢業證書也無法取得。結婚的對象是媽媽選的，他算是鄉親中大家公認最有出息的人，她的名字從此換了，她成為「一名軍眷」，日子過得十分辛苦。她既結了自己不想結的婚，又生了自己不想生的孩子（當時的媳婦如果生不出兒子來，地位是可危的，而慶歐卻連生了五個女兒，兒子才姍姍來遲），但她還算能自適。例如在重慶的那幾年（民國三十二至三十五年初），她在家裡院中養雞養羊，有雞則年節有菜，平時有蛋，有羊則孩子有羊奶可喝。新到臺灣，住臺北市撫順街，她自蒸饅頭，蒸籠一揭，她叫小孩拿著盤子（當時用的當然就是那種俗豔的搪瓷盤子），去左鄰右舍分送。有位務農的阿伯讚說：「好呷是好呷，再放一點糖就更好了！」北方人做饅頭會放糖才怪，不過以後送阿伯的那一份就會加些糖，阿伯是把饅頭當「未著色的紅龜」來吃的。

五十年代，慶歐回到她幼時聽過的信仰，其實，逃難途中她一直都帶著一本《聖經》。

慶歐晚年生活尚稱愜意，有了信仰，此心已得安頓，再加上手頭沒那麼緊了，她加入了「菜籃族旅行團」，趁淡季玩些「便宜又大碗」的旅程，因而跑遍世界。而屏東老家院中的芒果，果甜如蜜，香椿樹則壯碩茂美，常惹得路人偷攀。勝利路（這路名一聽就知有軍方氣息，那些巷子則是些永勝巷、得勝巷、必勝巷之類的）眷村的吃食，物美價廉，頗堪終老。慶歐一有點餘錢，便四處行些小善，常寄給報紙上刊載的某些遭難的陌生人一些現錢，有時則透過機構固定支持某些弱勢小孩的生活費，或捐助孤兒院。她做這些事，並不告知他人，她九十歲以後，許多事不太能自理了，祕密才一項一項被正式揭穿，不過，沒有正式揭穿之前，子女其實也是略有所聞的，只是不去說破罷了。

此外，還有一項祕密，原來慶歐這家姓謝的是謝安、謝玄的後代，家譜在中日戰爭前還常修，平常放在大樟木箱裡，戰時把箱子藏在厚厚的牆壁裡，逃過日本人耳目。但共產黨來了，你卻躲他不過，失去了先人的千畝良田，慶歐並不難過，沒了家譜，她很悵惘無奈。為了家譜，她還特別跑了一趟大陸，卻是徒手而歸。

慶歐有一隻口琴，德國製，這大概是那時代雅好音樂的人唯一買得起的樂器了。不過，她好像也不太會吹（丈夫吹得比較好），只當珍品收藏著，她在口琴背面刻了「靜鷗」兩字，靜鷗是她名字的諧音，令人猜想，年輕的時候，她真正想做的，大概是一隻依傍著藍天白雲，自由翱翔的安靜海鷗。但是，可能嗎？身為八個孩子的母親，在戰火連天的歲月，可能嗎？

也許仍是可能的，也許在內心深處，她其實是一隻潔白的，安詳寧靜的海鷗，誰知道呢？

雖然坐著輪椅，晚年的她還是隨時喜歡「出去走走」。民國一百年八月一日，天氣晴好，十點鐘，她又去「出門走走」，剛推過街，身體就不適了，五分鐘後回到醫院急救，不久氣絕——她最後做了她最喜歡的事，她「出去走走」，竟一路走回天家去了。

丈夫死於民國八十五年，葬在臺北五指山國軍公墓。能和其他袍澤生死都在一起，想來是讓他最安心的葬法了。當時右側留下的空穴，有人勸子女放一瓶米「酒」存在裡面，以便讓穴位空很「久」，那穴至今空了十五年。對慶歐的子女而言，當然還不夠久，但使用了九十六年的舊軀殼一旦擺脫，想來她自己是喜悅的。

母親、丈夫、和自己兩代人都葬在這塊土地上了，慶歐這家人和這塊大地應該是互相歸屬了。

註：

這裡，刪掉了一段發表於《文訊》時的記事，因為母親為我述説外公往事時已年逾九十，或者資料有誤，她所説的外公另一個名字是「謝寅杰」，據有些朋友告訴我謝寅杰另有其人，我就刪了那段。但我後來又查到外公參加「南社」的資料，連報名表都給印在書上。

後記：

母親走了，我悲不自勝，不知怎麼書寫，只好用第三人的立場，站在遠遠的地方敍述。

二〇一一年九月《文訊》雜誌

輯四／頭寄頸項了無恨　夢縈江山真有情

真敵

——寫在黃埔軍校九十週年校慶日

俱往矣

父親和父親那一代的黃埔人已經過去了。

而我，和二戰前出生的這一代，也都垂垂老去。

父親那一代願意為之而死的國名，此刻遭人否決，遭人遺忘，他們「拋頭顱灑熱血」的故事時下也沒人屑於一顧。報紙版面全留給了演員去上演枝枝蔓蔓的緋聞。

然而，深沉的夜裡，我仍然聽見淒然的軍號。那心甘情願的，以及不甘不願的赴死者，他們的燐燐枯骨仍在深深的山壑，沉沉的江底，以及極慈柔亦極冷漠的大地泥土中低低申訴。

正統？

據說，兩岸的高層，兩岸權位方面的「人上人」，在暗自較勁，爭取黃埔的「正統」地位。這事有幾分悲涼，幾分可笑。黃埔不是鑲鑽的寶座；不須搶著去坐，黃埔不是嬌豔的花束，不必爭著去捧；黃埔不是雕金鏤銀的朝服，不必急著去穿。黃埔生涯是在苦路上自己背著自己的十字架，一步步走上受苦的髑髏地。黃埔人彷彿天絕地棄的受咒詛的基督，自己看著自己的血盡膏枯，黃埔人活著——只為了死。黃埔人卑微如肥料，默默豐腴貧瘠的后土。

爭正統？爭什麼正統！黃埔哪有榮耀可爭？今日若仍是民國十三年六月十六日（黃埔開校日），今日若仍有凶險的戰爭等著開打，今日之黃埔若兼收男生女生，今日之父母——有錢的、沒錢的、有權的、沒權的、有學問的、沒學問的——有誰肯送自家的少爺小姐去入這所學校嗎？如果沒有，則黃埔的正統有何可爭？

想起黃埔，則只有默默致敬，默默致哀，並獻上一小朵寒梅——不是枝上的那一朵，是心上的那一朵。

畢竟，誰才是人類的真正敵人呢？

然而，黃埔的那些意氣風發的少年當年做了些什麼呢？有，兩次內戰加一次外戰，然後，就是一生。

內戰如暗疤，是自己身體的一部分，卻有點令人不知如何啟齒。而外戰，超過八年，那些艱辛痛苦需要多少紙多少筆才能書寫呢？戰爭是不得已——他們的一生就是一串不得已。

二戰結束五十週年紀念的時候，西方的電視播出些當年勇兵勇將的訪問記錄，當然，還對照著當年的舊照片。一看之下，不免令人大吃一驚，曾經英氣逼人叱吒風雲的將領，望之如頹弱糟老頭；曾經貌美如花的隨軍護士，如今雞皮鶴髮；至於那些精力瀰瀰跨山越海的勇敢戰士，一一都風燭殘年——啊，其實螢光幕上這些活著的受訪者，已算強健厲害的角色了，至於那些早早死了的，已不能來上鏡頭了。當年開羅會議風雲際會的人物，在五十週年時也只剩一個蔣宋美齡了。到如今，就連活到一百零六歲的老夫人，當年曾在美國國會議堂上意氣風發，發表抗日之論的絕代女子，也已不在人世間了。

「明年花開誰復在？」（註1）

畢竟，畢竟，誰才是人類的真正敵人呢？

是豺狼嗎？是虎豹嗎？是夷狄嗎？還是海嘯？是「左方」為「右方」的敵人？還是「右方」為「左方」的敵人？

不對，人類真正的敵人應該是「死神」，外加他三胞胎孿生的姊姊「老神」，還有孿生的妹妹「病神」。

我們都是會因老而病，因病而死的。

既然七十億個圓顱方趾的噍類（指一切有嘴巴可吃東西的生物）都是百年一瞬、彈指即死的過客，則爭權奪利、偷疆霸土又意義何在？戰爭只該用在反抗或自衛吧？

至於我們的真敵，我們又能拿他如何！

虎！虎！虎！

一九六八年，我曾近身看過淵田美津雄，和大多數那個時代的日本人一樣，他個頭小小的。禮拜天，他出現在我慣去的教堂，他竟是來講道的。我一時十分驚訝，不能想像當年指揮珍珠港偷襲事件的淵田竟站在講壇上，手執聖經，娓娓談往。

「為什麼珍珠港『奇襲成功』會用『虎虎虎』做電報密碼呢？」他說：「就因為我屬虎呀！（註2）」

唉，你屬虎，虎屬十二生肖，而十二生肖又屬中國，你怎忍心做中國的敵人呢？不但與中國為敵，你還與世界為敵。

「殘暴如禽獸的美國！驕傲的美國！是我們不共戴天的世仇！」

他們是在這種教訓下長大的。

日本的國家機器是這樣教導他們的年輕人的，淵田從小被這樣的話餵大。

一九四一年十二月七日，週末，夏威夷的清晨，陽光美好無邪，一隊三百六十架的特攻隊伍，一聲「全隊總攻」，八艘美國主力艦便全沉海底。

其實，那一天，淵田本身很狼狽，他正嚴重腹瀉，所以平躺在航空母艦的甲板上，觀戰，及至看到大功告成仍忍不住為「偉大的祖國日本」而歡呼。

志得意滿的日本海軍中佐淵田美津雄班師回航（他們是特殊的海軍中的飛官），丟下錯愕、失措、發狂的美國。

三年八個月後，戰爭結束，淵田回到大阪鄉間種田，自己掘井一口，搭屋一椽。他並不擅長農事，但身在田園，仰俯之間，這個曾以戰爭為信仰的人卻不免想：

「噫！人生何為？果有天乎？」

有一天，在熙來攘往的東京火車站，他接到一張老美遞過來的小單張，還附送一本聖經，題目是〈我曾身為日本戰俘〉。那天淵田原是去出席東京戰犯大審，不意路上卻讀到這篇文章，文中提到的作者是美國人雅各，曾因珍珠港事件憤而矢志報仇。於是從軍，駕轟炸機，赴日本投彈，可謂快意平生。不料油料耗盡，迫降中國，而當時中國許多地方都是日本占領區，他因而成為日軍俘虜。在獄中，同伴三人遭槍決，一人病死，他恨日之情於是更熾，不意當時日本獄中不知怎麼回事竟出現了一本聖經，他讀到耶穌在十字架上的名言：

「父啊，赦免他們，

因為他們所做的，他們不曉得。」

於是乃頓悟冤冤相報無了期，唯愛，可以成事。戰後回美國讀神學院，成為一牧師，然後，遠赴日本再行報復——而這一次，是靠傳揚愛的福音來報復。此人日文想來也不怎麼夠用，只能站在火車站微笑，分發單張和聖經，不意發給了淵田，他當時可說親手殺死了淵田——那個出生於一九〇二年的老淵田。從那一天起，從乍讀到聖經的那一天起，重新生出了一個全新的淵田，就是我一九六八年在臺北許昌街看到的那一個傳布愛的福音的淵田牧師。

淵田奔波勞瘁，希望世上不要再有大戰，一九七六年他死於糖尿病，享年七十四歲。他一生真正的敵人不是中國人也不是美國人，而是死亡，是老病，外加昧於真理，只是他幸而終於一一超越而獲救。

天塹

什麼叫「武」？古老的「漢字文字學」說：

「止戈為武。」然而戈能止嗎？核子武器能止嗎？恨能止嗎？

世人啊，我們注定要一同行過崎嶇的世路，一同經受種種磨人的愛欲苦渴，我們同樣必須強渡湍急險惡的疾病冰川，同樣試跳那黑深無底萬難凌越的死亡天塹。人生實難啊！我們相扶相攜同心同德都已打不過強敵了，哪有工夫來彼此割鼻刖足挫骨殺頭呢？

真敵當前，試問人類，人類和人類彼此的和解是可能的嗎？

二〇一四年六月十六日《中國時報・人間副刊》

註：

1明年是二戰結束七十週年，電視臺還能找到參過戰的老英雄和老美人嗎？

2淵田因自己屬虎，故設「虎」密語，此事我尚未在其他資料上看過，就算有名的電影《虎！虎！虎！》也沒說中此三字的道理。我因係親耳所聞，算是十分準確的私家資料，這算咱們老人家的優勢吧！因為來得及見到並聽到更老的人。

淵田美津雄

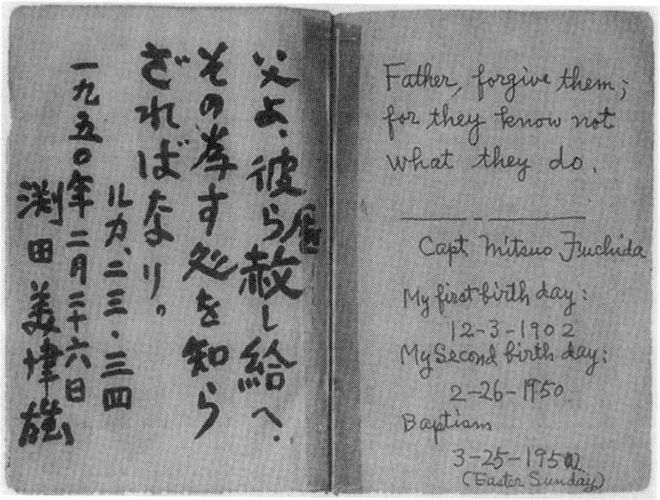
父よ、彼らを赦し給へ。
その為す処を知ら
ざればなり。
ルカ、二三・三四
一九五〇年二月二十六日
淵田美津雄
Father, forgive them;
for they know not
what they do.
Capt. Mitsuo Fuchida
My first birth day:
12-3-1902
My Second birth day:
2-26-1950
Baptism
3-25-1951
(Easter Sunday)

淵田美津雄所持聖經扉頁題辭

傳說中有個七海
——蔣經國先生百年誕

在古老的神話裡，有一片內海名叫七海。相較於鹹鹹的汪洋，狂嘯的海浪，它是淡定的、祥靜的，海面上且盛開著香花一片，聽來倒有點像深澤或大湖似的。相傳七海位在妙高山和七金山之間，但妙高山又在哪裡？江蘇丹徒縣有一個，福建建陽也有一個，湖南長沙又有一個，按佛家說法，須彌山即妙高山，前者譯音，後者譯意。

然而，我既沒有去過神話中的妙高山，也沒有去過江蘇、福建、或湖南的妙高山，七海也因而沒有見識過。只是，此刻我人在「七海官邸」裡，當年的主人曾想把這個地方叫「七海寓所」。在我看來，則不妨看作「七海宿舍」，它是個簡單而近乎簡陋的公務員的住宅。「七海寓所」位在大直，距忠烈祠大約一公里，門外有一面小湖，常有白鷺鷥飛過。時方仲春，庭中草木含芬，我忽然想到妙高這名字，對了，主人的故鄉雪竇山中也有妙高臺，這「七海」想來是對妙高臺的回憶吧！不過，也有一說謂七海之名是美軍取的，當年此地曾是美軍招待所。

我找了黎鉅林先生與我同行，他是我十年前偶然遇見的朋友。黎先生出生於民國十年，今年已經八十八歲了，卻依然健朗。我找他一起去拜訪「七海寓所」是因他退伍前曾任「士林官邸」的侍衛，侍衛共八人，分兩班執勤，「士林官邸」是老蔣先生的故居，「七海寓所」則是小蔣先生的家宅，黎先生兩處都曾任職，算是二朝元老。而此刻是小蔣先生百歲誕辰前夕，我在迎面而來的清穆湖風中向黎先生打探三十年前的舊事。

「這張椅子，他常坐。」黎先生說。

那是一張矮椅，兩側有木把手，坐的地方是兩方海棉墊，加上淺綠色的布套，一作垂直，一作水平。這種椅子幾乎沒有什麼設計或品味可言，它就是椅子，只多加了一點柔軟。或者，這種老實素樸也算是某種令人懷舊的品味吧？

「他常對著電視坐著，」黎說，「也不怎麼看，看起來像在想什麼事情。」

想什麼事情呢？

「這張畫是夫人畫的，經國先生很喜歡，常常看它。」

黎指的夫人是老蔣夫人。

夫人在畫藝上師事黃君璧，所以畫面上也不乏煙雲繚繞，如果單就山水畫而言，並不算什麼傳世名作，只能算筆墨之間親和誠懇罷了。這幅畫題了款，是送給方良的，算是婆媳之間的體己物。但經國先生為什麼常在家中諦視那張橫幅呢？我猜想是因那畫裡所畫的景致跟奉化溪口頗有神似處。

夫人另畫了一張淺碧輕紅的荷花小立軸，掛在餐桌旁，淡淡的筆墨間隱隱傳來遠方的清馨。

「呀，這三隻猴子，以前就看到的！」

那小猴子是銅鑄的，在藝品店裡隨便都買得到，三隻中一隻舉手遮眼，一隻摀口，一隻堵耳，意思指「非禮勿視、非禮勿聽、非禮勿言」（《論語》顏淵），唉，這三隻小猴應該複製一萬個送給那些「貪汙權威」與「斂財邪人」才好。

「廚房跟以前不一樣了，以前是磚砌的，還燒柴呢！」

聽起來有點不可思議。

臥房小小的，餐廳小小的，廁所更小，小到難以旋身，賓客中如果有人是胖子豈不尷尬？但寒儉的歲月也就這樣過來了，臺灣的外匯存底卻是大大的——

「這張書桌也不是從前的，」黎仔細看了一下，「以前那張比較小，而且沒有花紋，簡簡單單一張小桌。」

「椅子呢？」

「也不是以前的椅子。以前是一張普通的椅子。」

好像什麼東西都不起眼。

陳列櫃裡倒是有一副漂亮喜氣的瓷具，桃紅色的繁花交柯，是老蔣先生六十歲生日收到的「中央幹校」的禮物。推算起來是民國三十五年的事。而中央幹校是今日政大前身，那時抗戰剛勝利，赤禍尚未遍起，華美的杯盞豔彩橫流，而中央幹校和老蔣先生之間是校長和學生的關係，禮物是純潔的禮物，而且燒得美麗，算是簡樸生活裡一組炫目的焦點。

「這是經國先生親筆畫的！」

說者是H，她在這所官邸上班好些年了。

她指的是一小幅墨蘭，跟A4紙差不多大。文人畫蘭，照例想畫的是一點清逸之氣吧，經國先生也不例外，花畫得娟秀絕塵。畫這幅墨蘭是為了送方良夫人，但方良兩字太正經，有點像夫人的學名或正名，給她起名的老蔣先生卻稱她芳娘，聽來比較像婉媚女子的小名。其實它只是譯音，那安靜貞默的女子，她的俄國名字叫芬娜。

這樣不出一言，不干一事，不取一芥的貴夫人，現在政壇上好像沒有了。近二十年來的另二位夫人，都是企圖用鑽石的晶光來遮掩自己傖俗的人。把十個指頭戴滿戒指就能為自己增色嗎？搜刮獻金就能使自己免於卑賤嗎？

送妻子禮物，送的是自己揮筆的水墨，這樣的事，後來也就沒有了。從政和風雅，不知為什麼竟變成不可並存的事了。當然啦，肯接受丈夫的墨跡作禮物而不慕翡翠、珍珠或名宅、名車、名錶的夫人，其後二十年來也都沒有看過了，那個來自俄國的女子真令人愛敬疼惜啊！

樓上臥室之外有間小起居室，室中掛些家人照片，其中女兒年輕時代的那一張真是清絕豔絕。聽說經國先生偏愛女兒，這樣的女兒的確令人愛煞。想到人間的父女情緣，其實總統亦如尋常百姓，一樣情牽，一樣無奈，一樣轉眼相失，回顧茫然。

「哎呀！這隻馬。」黎先生叫了一聲，「好久沒看到了——不過以前不是放這裡的。」

「以前放那裡？」

「不記得了，反正不是這裡。」

深棕色的駿馬，高約三十公分，作勢欲躍，五十年來，它曾見証多少雪泥上的鴻爪之跡？什麼時刻，決定著手十大建設？什麼時候決定解嚴？什麼時候決定讓老兵回去探親？對了，還有一項和我有關，那就是什麼時候決定辦一間公費的陽明醫學院，以交換學生畢業後必須下鄉行醫，讓城鄉之間不再有那麼殘酷的差距……。

七海，神話裡的七海。恬淡的、風輕波靜且開滿傳述中香花一片的七海，它坐落在大直街邊的小巷裡。主人遠行了，我站在早春的晨風裡，等待下一位肯吃苦而又有擔待的繼承者出現。

二〇〇九年四月十四日《中國時報．人間副刊》

頭寄頸項了無恨　夢縈江山真有情

——記一位「黃埔人」，於黃埔建校九十週年之際

那人如果活著，今年剛好一百二十歲。

由於某種因緣，我和他做了朋友，對我而言，他不是「死人」，而是「古人」。和古人，當然是可以攀攀交情的。

我們相遇在哪裡呢？在粵北。他原是廣東三水人（三水在廣州西北方），所以他去粵北是大有機會的。他是民國三十年（一九四一年）去的，他去的地方叫丹霞山（註1），那一年他四十六歲。

那一年，我剛出生，住在金華。

我們原來似乎不可能相遇，但我今年五月去了廣東韶關。去韶關本是想走一趟「柳夢梅」（崑曲《牡丹亭》的男主角）之旅，不意卻在附近丹霞山的崇山峻嶺中的「別傳寺」（註2）遇

見他。他的名字叫杜之英，他的姓，他的名，和山中鬱鬱蒼蒼的環境如此相近相接，讓人想起杜若或草木英華。他在丹霞山的古寺中留下了一幅木製對聯，而這對聯在七十三年後來入我眼，我因而和他成了生死忘年交。

他的對聯如下：

丹藥縱長春　倭寇憑陵（註3）
宗國未容方士隱
霞烽驚兩戒（註4）海螺（註5）崛起
名山不減岳軍雄

聯是他撰的，字是他寫的，請人刻了，藏在遺世的古寺中。日本人的烮火和文革的大鍾，加上後來的種種開發都幸未傷及，它等在那裡七十三年，丹霞山峰不滅其高，丹霞崖石不熄其焰，它終於等到白鬢的我前來看它。

然後，我在資料上發現，此人居然是黃埔軍校的教官，更奇怪的是他所教的又居然是「經理科」。用現代的話來說，應該就是「軍事管理系」，黃埔一開頭就有管理學概念，說來也真令人佩服呢！此人後來官拜中將，掌會計處。管錢的人不會有直接戰功，卻能做到中將可真不簡單。

我忍不住想，我的父親，黃埔六期的，可曾從他受教？但不管有沒有，我都該將此人視為「父親的老師輩」，但我和父親的老師可以論交情嗎？本來是不可以的，只是他留下了一幅對聯。中國大陸有十三億人口，看過此聯的人想來未必有一千人。一千人中又不見有一人有興趣來討論此聯，只有我癡癡醉醉顛顛倒倒翻來覆去深夜不寐來低誦他的句子。這樣，我或者也可算為其人的異代知音了——所以，我以友人視他，想來他也不會不悅。

他寫此聯，和其他古人不同，他是明明白白寫上日期的（一般古人只寫年），他卻是在民國三十年七月七日寫的。而那一天，剛好是我出生一百天的日子。

七月七日，如果是陰曆，我們也算它情人節。如果是陽曆，就是飛髓濺肉的抗戰紀念日——啊，我仍算它是情人節，那一代的鐵血兒女，以至情至性，愛其國死其族的情人節。

一九四一年夏天，戰事極慘烈的年代。其實，到了那一年的冬天，事情便稍稍好轉，因為野心熛天的日本人去偷襲了珍珠港。一向過著快樂幸福日子的美國人這才猛然嚇醒，西方終於知道什麼叫「日本」了。那不經宣戰一面在和談桌上跟你把盞，一面悄悄繞過半個地球前來出手偷襲的日本，令停泊在夏威夷的美國八艘軍艦一朝之間紛紛沉入海底的日本，那一心想做地球球長的日本！全世界輿論一片譁然中，中國總算可以贏得一聲同情的嘆息！

而七月七日，杜之英寫下對聯的那時候，粵北一片愁雲慘霧。

和其他四〇年代出生的孩子一樣，我其實早已在有意無意間忘了中日戰爭（唉！居家過日子，要記得血海深恨，要咬牙切齒，要眥裂髮指，很累的）。但出發去粵北前，我剛好和筆會的彭鏡禧、陳義芝和梁欣榮諸教授在紀州庵餐廳吃飯，我忍不住跟粵籍的梁教授說：

「我下個月要去你們廣東呢！去韶關，我想去走一趟古道，就是一千多年來廣東人要去中原必走的路，就是六祖惠能和柳夢梅都走過的那條路……」

我絮絮叨叨地說著，心中想的全是浪漫的禪宗和《牡丹亭》中的情人，不意梁教授卻哇喇叫了一聲：

「哎呀！韶關，好慘啊！」廣東人講話一向大嗓門，我嚇了一跳。

韶關？慘？這千餘年來開遍早梅和晚梅的古徑，這萬千行商客旅和士子之必經，這無論高僧和情人都會來走一走的路，怎麼會慘？

「慘啊！孫中山兩次北伐都走這條路啊！日本人也抵死要搶這個關口啊！衛兵站著崗，不能離開，日本人就從天上掃射，慘啊，死好多人啊，我爸爸就打過這場仗啊！

「後來，我們住香港，有時吃著飯，偶爾提起日本人在廣州、在韶關做的壞事，過了那麼多年，我爸媽，他們拿筷子的手都會立刻哆哆嗦嗦地抖起來……」

我聽不下去了，但一方面卻又渴望聽到更多。原來梅花瓣瓣含香飄墜的地方，也正是我軍遭日本皇軍機槍掃射而血色斑斑一片腥羶的地方。我所心繫的梅關（韶關又稱梅關），原來如此悽傷……而杜之英便是在腥風血雨的歲月裡登上「丹霞山」的。

杜之英的對聯上聯以「丹」字起頭，下聯以「霞」字起頭，是古代文人詠景（或詠人）對聯常用的手法。杜之英雖投身為黃埔教官，卻文采斐然。這樣的對聯今天中文系的教授有一半是寫不出來的（唉，不對，應是百分之八十五寫不出來），我且來把它譯得淺白一點：

眼前是丹霞山
一座座紅紅烈烈的山
看來多麼像道家的煉丹爐啊
這其間可鍊出多少令人長生不老的丹藥啊
可是，就算丹藥鍊成，可以昇仙
我也不能去啊
只因日本倭寇前來侵犯霸凌

宗廟、國家、社稷都出手相攔
不容我去做一個修道的隱士啊

這山如霞如烽火臺，告知北方南方都有災難
南北的警戒線如今都在危殆狀態中啊！
像眼前海螺巖，從群峰中拔崛而起
這片雄峙的大山
剛好襯托出我軍的軍容
我軍鬥志昂揚，不輸千年前那支了不起的岳家軍啊！

其實，杜之英啊，你們是比岳家軍更精猛的部隊。在中日戰史的紀錄上，許多戰役中士兵都是成萬成萬地死去，就算打贏的那一仗，我方死亡數目也常是對方的一倍，我們唯一成功的地方，便是讓敵人驚愕：

「天哪，原來中國這塊餅這麼難啃！會磞斷牙的。」

沒有足夠的武器，僅有的武器也不夠精良，土土的善良的老百姓，從來不知人世間居然可以有這麼大規模的無休無止的殘酷屠殺。敵人從天上來，從地上來，從海上來，從細菌中來。

像那則古老的黑色冷笑話中說的：

「咦？你有狼牙棒？哼，不怕，我有天靈蓋。」

我打不過你，挨打總行吧！你可以打死我張三，但我身邊自有張四、張五，打到你的狼牙棒碎斷了，我們仍有張九十九、張一百……

勝利很光榮，艱苦的勝利尤其光榮，然而，沒有戰爭豈不更好？沒有勝負豈不更好？耕讀傳家、詩酒自娛、與人無爭的太平歲月才是匹夫匹婦生生世世的美夢啊！

資料上的杜之英終止於一九四八年，難道此人只活了五十四歲嗎？是因病累而死嗎？我倒寧可是資料錯誤，希望後來的他能扶策遠遊，看不盡千里萬里的杖底煙霞。

異代相逢，我因一幅山寺中的對聯而認識他，短短三十二個字，說盡那一代的黃埔人：儒雅、雋秀、詩書滿腹，卻也可以躍馬揮戈，保疆衛土。只因那三十二字，我可以印證父親那一代的風華和丹心，我為此感恩。

這樣吧，我也來送他和他那一代的人一幅對聯吧：

夢縈江山真有情

翻成白話如下：

把一顆年輕的大好頭顱暫時寄放在自己的脖子上，隨時都可以大大方方為國家民族而拋擲。而，即使死了，我的魂夢也會縈繞著我深愛的山川大地，往復流連。這種情，是你們慣說的兒女情長之外的另一種真切深情吧！

二〇一四年六月十六日《聯合報・副刊》

註：

1「丹霞山」原是自古已有的山名，到了民國初年不斷有地質學者用現代科學的概念從廣東丹霞地貌擴充研究，把華南華北那些棕紅色的積沉山石歸為一種特殊地質，到了二〇一〇年，丹霞地貌終於「申遺」成功，從此有了「名分」，列入世界遺產，成了世人皆知的特殊景觀。

2「別傳寺」是禪宗的寺，出自「教外別傳」的典故。

3「憑陵」一詞出於《左傳．襄公二十五年》：「……憑陵我敝邑……」憑陵是侵犯、欺侮、仗勢凌人之意。

4「兩戒」一詞出於《唐書．天文志》，道出早期的國防邊界觀念，總括言之，以「胡門」為北戒，以「越門」（指廣東廣西）為南戒。北戒防戎狄，南戒限蠻夷，合稱「兩戒」。

5丹霞山的群峰，其外形多崢嶸詭異，歷來每冠以奇特的山名，如陽元石（形如男根）、茶壺峰、群象渡河、海螺巖等。

杜之英〈丹霞對聯〉

茶壺峰（粵北丹霞地貌）

爍爍的眼睛

早些年，在旅行中國大陸之際，常會被人問到下面這樣的問題：

「你們臺灣，是怎麼富起來的？」

我的答案跟一般人不太一樣，我說：

「我們臺灣，最了不起的一件事就是教育辦得好，人人都有權利受教育。就算在高山頂上，如果有三、五個孩子，也會有一間小學。我們的人跟中國古人一樣，偏好受教育，而且，一般父母也會盡其所能的讓孩子受最高教育。我們的老師普遍受到尊敬。當然，如果你要追問教育為什麼受到重視，大概是因為我們的官員認識正確，把你們鬧文革的那份精力都拿來推廣教育了！我們因為教育辦得好，所以在你們的人開始在車衣服賺工錢的時候，我們的人已經懂得服裝設計了！」

可是，近十年來，我不斷看到許多教師朋友都像逃火災似的逃離教職，他們的理由不外三個：

第一、教師早已成了個不受尊敬的行業。

第二、退休金隨時都有可能被剝奪，還是早跑為上策。

第三、自從教改暗暗實行「去中國化」的陰招，學生國文程度果真下降了。可怕的是，國文程度一旦壞了，他們讀書的能力也變壞了。在南部的小學教師最怕看到外籍新娘生的孩子，他們中間許多都是「話盲」。這樣的學生你簡直不知如何去教，心情不免大為沮喪。

我自己個人算是幸運的，因為我教的是大學，且是醫科大學。學生程度跟從前比是一代不如一代了，但素質畢竟還比其他學校棒多了。有人勸我早點退休轉去私立學校任職，既可拿退休金又可拿月薪。我拒絕了，我既然喜歡我的學生，就不必像紅牌舞女去轉檯子。

教書的工作和政客比，收入簡直等於貧戶，但也有好處，例如前天還吃了我在東吳教書時的學生廖玉蕙的一頓飯。我教這學生是三十多年前的事了，蒙她不棄，這種關係簡直是「一日之師，終生之母」。算來，大官一旦離職，他手下的小官大概不會對他有多好。教書，是一種永續性的種植業務。

有個醫學系畢業，已任醫生許多年的同學，給我的卡片是這樣寫的——

親愛的張老師：

請原諒我這個魯莽的學生吧！當在電話中聽到老師的聲音，心中的欣喜和自責同時跑在腦中噹噹作響。在如此忙碌的生活中，突然好像有人拍拍我的頭說：「孩子你在這裡嗎？」那種心花朵朵開的溫暖真是足可蒸發掉一星期的疲倦和壓力呢！

我發現若要當個好醫生是需要鋼鐵的意志力，外冷內熱的心腸，就很質疑自己的能力及個性是否合適？自己做個學生可以調皮搗蛋，可以心不在焉，但做個醫生如何能不嚴肅？如何能掉以輕心？這種一百分的責任要我這種六十分的人擔當如何能夠勝任？真希望神給我一條明路！

很想念老師說話時溫溫柔柔的樣子！……

有一年生日張曼娟送了我一只白瓷，她也是我東吳的學生，卡片上這樣寫著——

親愛的曉風老師：

我以為生命是一只容器，仰望著您，我見到的是白瓷般的光澤，難以估量的深度。

祝生日快樂

去年我扭傷了腳骨，請人代了一次課，等我上課，立刻收到二人的小卡片——

Dear 曉風老師：

看到老師拄著柺杖來上課，真的好感動、好感動！

希望老師可以早日康復、走著從前輕快的步伐來到教室。

Dear 曉風老師：

上星期沒上到老師的課，剛開始有點錯愕，但後來知道老師受傷了。今天看到老師腳傷的樣子，但還是來為我們上課，真的覺得好感動……。

有時教書也會撈過界，我前年即應鍾明德教授之邀，指導戲劇系畢業班的一位同學，不知為什麼，這種課程上兩小時，卻只給一小時鐘點費。而本來，陽明和藝大有某種特殊交情，因而決定「朋友有通才之義」可以交換教學，並且補助老師一些編講義的費用，等我想到去要，學校卻嫌我未照程序來，所以也沒領到錢。（天哪，哪有老師在教學之際先想到要錢程序，當然先想到如何教好學生）。但我也沒吃虧，聖誕節，學生送來一包禮物和一張卡片——

Dear 張老師：

一直未能向您表達我心中的謝意。

感謝老師願意收我為主修學生且願意犧牲自己的時間來教導我。您的不吝於付出實在讓我獲益良多。感謝上帝將您這位天使派到我身旁幫助我、鼓勵我。

在這個聖誕節的前夕，我要將我最誠摯且滿滿的愛與祝福都給您！

三年前，情人節，有個女孩子從香港寄來一張卡片，她其實不是我的學生，而是三十年前從加拿大辭掉護士工作，跑來跟我學寫作的，她的卡片上寫著——

曉風姊：

猶記上個世紀我第一次踏進您的家，兩個都原屬容易害羞的人不知如何觸烘心的另一種語言。而我，彷彿要等到這個世紀的情人節，方漸惜人間悠悠情味。

謝謝您做我的生命導師，給予信任和關愛。

我其實早有資格退休，但我冒著退休金領不到的危險繼續撐了下來。因為，我愛我的工作。因為古典文學值得傳遞，值得分享。更因為，不管教室裡有多少昏昏欲睡、心不在焉的學生，但總還有幾雙慧黠的、好奇的、認真執著的、沉思的、因忽然頓悟而爆起火花的爍爍的眼睛，我是為這些眼睛而執意不悔的教下去的。

二〇〇四年二月十六、十七日《中國時報·人間副刊》

說到白咖啡

長桌上可以分享的食物

我任教的大學和別的大學一樣，是男教授多於女教授的。不過，我們的單位卻相反，教師陣容居然以女性教授為主，大概因為多數男生都不屑讀人文科系吧？

這樣以女性為主的辦公大樓裡，一時充滿女性氛圍。譬如說，有位許助教，雅擅園藝，她把三十坪（大約一百平方米）中庭布置得非常幽靜可人。我教書至今近五十年，從來不覺學校真有意於「教師福利」，倒是許助教手植的西番蓮開花的時候（其實就是百香果啦），我覺得自己是被照顧、被愛寵的，在中庭陽光下小坐的剎那，我不禁自覺幸福尊貴。

系辦外廊有張長桌，它幾乎是全系的活動中心，老師外出看到什麼好吃的就會拎兩包來放在桌上請大家享用。這一點，看來也十分「女性動作」。這些食物都是些「惠而不費」的小東西，什麼花生啦、糖果啦、非洲茶包啦、水果啦、肉脯啦、鳳梨酥啦，如果有人列出一張「桌上贈食流程表」，也幾乎可以考察出敝系同仁開會或旅遊的路線圖。例如，有人去了宜蘭，有人去了雲林，有人去了紐西蘭……。

有一天，大概有人去了西馬，桌上就出現了一堆「三合一」式的「速泡咖啡」。咖啡包上寫著「白咖啡」三字，這種咖啡包的分量幾乎是臺灣常見「三合一」的兩倍，價廉物美，照時下的說法，就是老闆出手十分「豪邁」，我平常一次只泡半包也就夠了。

這天我看到這包東西卻靈機一動，立刻發了「善心」，跑去研究室找了一個透明的大塑膠罐，把這些咖啡包全放了進去，我倒不是嫌它們散放桌上礙眼，而是打算要來為它寫一份簡介。有了透明塑膠罐關起來，簡介和被介紹的咖啡才不會分家。喝的人比較有機會看到。當然，寫字的紙也要好一點，我用的是白色硬卡紙，而罐和紙都是我平日「你丟我撿」收藏起來的。

我的簡介要寫什麼呢？不過是個速溶咖啡罷了，連沖帶喝二十秒鐘就解決的玩意有什麼值得介紹的？有，我為此寫了一大篇洋洋灑灑的介紹。

當然，不久之後，這些咖啡包全喝完了，我於是又去收回大罐子，收的時候有位年輕的同事看見了，她忽然叫了一聲：

「哎呀，幹麼收呀？」

「咖啡包已經喝完了，大罐子當然應該收起來囉！」

「咖啡包不算什麼啦，可是，介紹詞很有意思，介紹詞收了多可惜！我起先不知道是誰寫的，原來是你！光喝咖啡有什麼好玩？看故事才好玩哪！」

於是我又讓沒有咖啡包相伴的「純故事」在桌上多躺了幾天，但畢竟覺得怪，最後，還是收了。這事算起來已是十年前的舊事了，最近想想，覺得不妨把事情再重述一遍，下面就是我「後續的詳盡版的白咖啡說明書」。

白咖啡說明書

「咖啡色」，這個語彙其實大家都很熟，咖啡色是什麼色，大家也都清楚。如果你一定要解釋，更早的時候華人是叫棕色的，因為那時候說中文的世界裡，還沒有出現咖啡這玩意。

而這包商品卻叫「白咖啡」，咖啡有白的嗎？這真是離奇啊！不過這其中是有些緣故的，這緣故跟東南亞某些地區的強烈「在地性」有關。

一般而言，大家公認咖啡是經由阿拉伯商人帶給世人的奇異飲料。它最早的嗜食者是山羊，山羊比較老實，牠們把咖啡果粒生生的就直接吃了，不烘焙，也不加奶精或白糖、黃糖。

爾後，歐洲人喝它就必須配上上述的高雅調料，講究的每每另外放酒放鮮奶油或放肉桂，當然還要加上精緻的有耳矮瓷杯，而且，形制必須跟喝下午茶的杯子不同款而各自成趣。此外，當然可能還有美味的小點心。

好東西不免有腳，咖啡後來又成了亞洲人心愛的文明象徵或浪漫愛情的必要道具。（對呀！最近大S閃電訂婚，原來也是在「北海咖啡」定的情呢！）這是閒話，暫不多提。且說，如果你走到大一點的咖啡店，如星巴克或西雅圖之類的，抬頭或低頭看一看「飲單」，（哎，這是我根據「菜單」一詞胡亂杜撰的，一般人就乾脆說成menu，奇怪，原來我們的文詞體系裡只有「菜單」卻沒有「飲單」呢！大概美酒在傳統餐館裡沒有什麼「多樣性」可供選擇，所以也就不必有什麼「單」。你如果身在浙江，那就喝紹興，如果在北方，那就是「燒刀子」或「二鍋頭」，畢竟運輸是件很辛苦的事。）飲單上常有一味咖啡，那就是「爪哇咖啡」。其實，咖啡就咖啡，哪有那麼多歧異？如果套用錢鍾書的話，那就是：

大不了一杯咖啡（原文作「書」），還不值得這樣精巧地不老實。

不過咖啡本來就不是飯，本來就不是不喝就會餓死或渴死人的東西。（話也別說太滿，臺灣好像也真有人自認是「不喝咖啡就會死掉的族群」呢！）它存在的道理本來就是求精緻，就是求過癮。一個檳榔既然可分紅灰、白灰、荖葉乃至醃醬（大陸上的吃法）等陣仗，一個咖啡自然也可分出各種滋味來。而滋味其實來自三方面，一是產地的緯度、海拔、土質等天然條件，二是烘焙加工的手法，三是配料。

馬來西亞的咖啡是爪哇系統的一路貨，這個系統的咖啡，一眼望去絕對不會弄錯，它們一概炒得極黑，炒的方法有點像冬日街頭的「糖炒栗子」，用的材料是人造奶油、糖和玉米粉，至於其比例和細節則當然是業務機密。而炒著炒著，咖啡豆終於變得油亮焦香，便大功告成。喜歡的人覺得香烈濃郁，不喜歡的人認為煙糊氣太重。它和常態咖啡之間有點像龍井茶和水仙茶之別，一輕逸，一重濁。或云一寡淡一醲豔。

馬來西亞的華僑大有從事咖啡業者，他們炒完的咖啡豆或粗研或細磨，聞來都令人嚇一跳，那強烈的氣味和藍山或哥倫比亞截然不同。這些華人是自己發明此味，還是跟馬來人、印度人一起切磋出來的，則不得而知，我自己認為應是綜合版。

究竟哪一種咖啡好喝，哎，哎，這種事是沒有什麼公平、正義和真理可言的。如果你要問我，我也沒有答案，但我會這樣說：

「隨便啦，我無所謂，馬來式咖啡？好啊，也不錯嘛！」

（但是，你也別叫我天天喝。）

（嗯，就算是貴到絕頂的「麝香貓屎咖啡」，你也別想叫我天天喝。）

至於馬來西亞人（他們由馬來人、華人和印度人組成）卻一向認為，他們的咖啡才是「天下第一正宗正統而堪喝的咖啡」。

他們喝咖啡的辦法如下：

講究的人會去咖啡店喝現場研磨咖啡，而傳統的小咖啡店滿街都是，就像臺灣當年街頭巷尾的切仔麵店似的——是生活裡實惠的必需品，因而店面毫無裝潢之必要。顧客則各自認定某位老闆和老闆的獨家口味。

馬來人的咖啡滾沖後用布袋過濾，因其本身「超苦」，所以拿來相配的玩意就只好「超甜」。所以，馬來式咖啡絕不宜配牛奶或奶精或奶精粉，他們要配的東西叫煉乳。煉乳又甜又濃，簡直就是濃得化不開，如果你額外還想加糖，反正馬來西亞是產糖國，那也隨你吧！馬來人則認為愈甜愈好。

早期馬來式咖啡配的煉乳是荷蘭煉乳，罐上的圖案是一個牧女頂著一桶牛奶，遠處有架小風車，罐口用開罐器旋開大約百分之七十，用到快見底的時候則留作「外帶杯」來用。一方面把熱咖啡沖下去，可以自然清盪底部存貨，二方面也十分環保。當然拿這種罐頭杯回家，得有那種四十年前滿地都是——而現在卻已快絕種的——肯為爸爸跑腿的「乖小孩」。第二，這位乖小孩還得十分有本領，因為這種外帶杯只有兩項安全措施，第一即打孔穿繩，第二則是把已開了一大半的鐵蓋塞回去當作杯蓋。

傳統咖啡店中的馬來人跑堂還有一記怪招，他們端著連盤帶杯的又黑又熱又濃又甜的咖啡直奔顧客之際，幾乎絕不肯給你一隻乾乾淨淨的盤子。乾淨的杯盤不是比較優雅悅目嗎？哼！才不，店家另闢「詮釋系統」，他們說，只有七八分滿的咖啡量端起來才有辦法不晃溢出來，而為了不晃溢出來居然不給顧客十分滿的咖啡是不合商業道德的。所以，兩事既不能求全，則寧可盤中有咖啡汁溢出，而不可剋扣了份量。

好，馬來人就是這樣心滿意足的喝著他們的又苦又甜又滿又香的高檔烈味咖啡——盤子裡還洸漾著灑出來的五十CC。

後來，特別是二戰之後，他們漸漸知道有些外國人喝的咖啡居然跟他們的不一樣，此事馬來人當然也無可奈何，只好來個「正名」以自清。從此，馬來人喝的咖啡仍叫咖啡，老外喝的在他們看來寡淡無味的弱質咖啡便另外給取了個怪名字，叫「白咖啡」。當然，照馬來人標準，老臺喝的也是不入流的白咖啡。「白咖啡」說得算客氣，意思就是貧血咖啡啦！

對老臺來說，我喝的明明是優質的正常咖啡，怎麼變成「白咖啡」了。但這也沒有國際法庭好打官司，只能罷了。

馬來人本來跟白咖啡是井水不犯河水的，但卻發生了一件事，有外國人到怡保採錫礦來了。這些老外要喝的不是馬來式咖啡，商機不可失，馬來人只好主隨客便，為他們動手烘焙「白咖啡」，這便是「白咖啡」的由來。

意外的產業

當然，如果順便要把怡保拿來說一說，那故事就有幾分悲涼的意味了。取礦的資本家原是趕盡殺絕的，他們取錫唯恐不徹底，乃以強水沖山，山中土壤從此變得生機喪盡。

不管馬來人自己喜歡或不喜歡，為了賺那些「來賺馬來錢的外國資本家」的咖啡錢，他們製作了「白咖啡」以及「白咖啡三合一」的飲料包。後來，錫採完了，老外走了，怡保，這霹靂州的首府，一向以滑爽的粿條知名全馬，而三合一的白咖啡倒成了意外的產業，老臺對這「便宜又大碗」的產品不免驚豔，所以去馬來西亞的人常會買來送人。

唉，不過是一杯便利咖啡，不過是價錢不超過十元，時間從沖到喝亦只需二十秒的玩意，但其間亦自有某個地區、某個族群的執著（當然，如果你要叫它「偏執」也可以啦！）和尊嚴，說得白一點，就是有掌故或有故事，說得玄一點，就是其間有文化背景的敘述。

至於我自己，我偶爾會喝一杯「三合一白咖啡」，偶然會想起兩百年來的南洋華僑移民史，偶然會為遠方的故事中亦癡亦迷的細節而悠然意遠。

二〇一〇年十二月《文訊》

護井的人

——寫范我存女士

正面是譯稿　反面是情書

桌上有一封信，從臺北寄來，大大一包，沉沉甸甸的。

范我存小姐收

信封上這麼寫著。

深藍色的墨水，派克鋼筆，他的字硬瘦勁挺，方正有稜角，像他的臉，也像他的為人。

她剛下了課，有點累，看到信，仍然非常喜悅，不用拆，她就早已知道裡面是什麼了，這幾個月來照例每個禮拜都會收到這種信，信裡面總是厚厚一疊，有時是四、五張，有時是七、八張，紙是「白報紙」，（大小約等於今日的B４紙，紙質當然沒有今天的好，但跟藍墨水之間的契合卻很美妙。）正面是他的譯稿，反面則是他的信，她喜歡那人的信，或者說，情書，那其間有他一貫的深蘊和熱情。她也喜歡他的譯稿，譯的是一個古怪的畫家的傳記，那畫家名叫梵谷，是荷蘭人，到二十世紀末這人的畫價吵到翻天——但此刻是二十世紀中，臺灣還沒有太多的人知道梵谷是誰。那人學的是英國文學，卻對音樂、藝術無所不窺。

那人寄來譯稿，她一向是他的「第一讀者」，但還不止，那人還央求她把稿子幫忙再謄一遍。其實他自己的字已十分工整，但譯稿被他斟酌再三，改來改去，不免有點亂了，只是不管多亂，她總看得懂。她是負責且細心整理重抄的人，包括那人的稿，以及那人未來長長的一生一世。

底稿是橫寫的，此刻要轉謄在六百字的直式稿紙上，稿紙上整整齊齊間距井然，她的工作就是把每個字都挪入方方正正的一個個格子裡去。

她的字清爽娟秀，整個晚上，她就一直幫那人做這件事。她才二十出頭，那人比他大三歲，對於那人的譯筆她毫無意見，她只管埋頭抄寫，然後，寄回給那人，那人收到後便直奔臺北市中心館前街上（註１）的《大華晚報》，有時還會親自遞給編輯。

幾天後稿子便會見報，這，是民國四十四年的事，那稿子從一月一日連載到十一月二十四日才刊完，後來分上、下兩集出了書，在重光文藝出版社，書名就叫《梵谷傳》。有趣的是上冊出於四十五年十月，下冊卻出於四十六年三月。

那人當時大學畢了業，在國防部服役，官拜少尉，服役的地點竟在總統府，要進總統府當然不簡單，得先考試，那人考了第一名，工作是翻譯一些長官交下來的美國軍方文件。為此，曾經十分出名的英文教師吳炳鍾還為他們惡補了二個月，專教些軍事名詞。

雖然服役能服在總統府，是件美事，但公務畢竟有點忙碌，加上那陣子生命中又有種種不如意，那人困厄蹇頓，她傾聽著他的哀嘆——在信上。而信，寫在原稿紙的反面。她看看原稿又翻過來看看信，唉，那人啊！

扁桃腺一直發炎，那人。為什麼呢？一年級的或二年級（註2）的那一代，誰的個人生命史不牽扯一部民族淪亡史呢？是什麼委屈讓他的咽喉一路用發炎來默然抗議呢？

這女孩的名字好奇怪

范我存，這名字有點怪。有時候，剛開學，老師無緣無故就在點名簿上先點她，大概「正常女孩」不會叫這種怪名字，老師有點想要見識見識吧！

對，她其實不是「正常女孩」，她的父親是民國初年赴法的留學生，就是「勤工儉學」的那一批。回國後，在浙江大學教書，他存了些錢，要作為女兒來日的教育費。那時候教授薪水四百銀元，而傭人薪水只需一元，如果把今日傭人薪水視作二萬五，則教授當年每月有一千萬收入，要為長女存點錢自不是難事。

但一切都過去了，父親英年早逝。

唯獨他取的這名字留下來讓人玩味，當年留法，就留意有個「存在主義」，存在主義要到民國五十、六十年才在臺北流行，而他在民國二十年已為小女孩取了這個名字。在那年月，如果頭胎是女孩，江南（范我存是江蘇常州人，位置在太湖之畔。）一般人家會給她取名范招弟，以便招它個弟弟來，而她的名字卻是我存。

在抗日戰爭中，全家往西行，在四川樂山，父親病倒棄世，范肖岩，三十九歲，浙大的園藝系主任（註3），沒有留下什麼，也許只留下肺病的體質。

母親生范我存的時候也因大病之後，孩子落地極為瘦小，不像嬰兒，倒像隻小貓，大家就叫她咪咪。咪咪，也是她情人叫她的名字。文壇上不少長輩、平輩都如此叫她。好在她不是歌劇《波西米亞人》裡面的「薄命繡花女咪咪」，一下子就摧折了。她跟歌劇中的咪咪一樣病著，但病歸病，她看起來仍是清雅出塵的。

民國二十七年以後，孀居的母親守著女兒活了下來。母親有一票死黨，是她當年的同學，那些同學曾一起赴日本學蠶桑，蠶桑本是江南重要的文化產業，卻不幸還得到日本取經，實在有點嘔。但怎麼辦呢？國富民強都需要新知識啊！（不要笑！那時代的年輕人就是這麼想讓積弱的國家強大起來。）她學的是蠶的育種，她的姊妹淘學的是蠶絲的推廣或如何提高絲的品質，奇怪的是咪咪一向被規定叫這些阿姨為「伯伯」，不知是當時一般風氣？還是范媽媽那些姊妹因自許為「女子而有士行者」自取的叫法，總之，范媽媽可算是早期青澀的女權主義者。

回國後，開了製種場，在杭州拱宸橋，這是個好地方，在城西北，京杭大運河從這裡經過，著名的筧橋機場離此不遠。這批女人的事業正待鴻圖大展，但民國二十六年中日砲火一響，就一切都完了。於是有人去了上海，有人去了四川，其中丁伯伯（女性）跑得最遠，去了西康，而拱宸橋一帶成了日軍的駐地。

在四川，范我存是小學生，那人卻是中學生了，兩人的母親都姓孫，是堂姊妹，所以兩人是偶有過從的。而且兩人都自然學會了「在地四川話」，這種語言以後便成了他們之間的「密語」。

跟母親相聚的時間不多，用現代人的說法，母親是二十世紀初期的「女強人」，而范我存，則是「隔代撫養」的小孩。但想起外婆，她無限依戀，外婆的照顧範圍有兩項是令人難忘的，其一是嚴謹正確的價值觀，例如惜福之類的教訓，其二是她會說些天花亂墜的故事，例如江南水域每有龍捲風，外婆言之鑿鑿，說那是天上的龍渴了，下來喝水了。

她七歲喪父，連兄弟姊妹也沒半個，本來可能會變成一個孤苦無依的小孩，但好在有位志在四方，如同父親的媽媽。而且，還有個溫煦慈和扮演媽媽的外婆。外婆也是年輕輕三十歲就守了寡，但她有五個孩子，范母行三，有些小孫跑來跟外婆住一起，這些眾小孫當然都是范我存的好玩伴。

其中，大舅舅更是疼范我存，而那時代對小孩好的方法常是千里迢迢，巴巴的跑到樂山，去送一瓶進口的魚肝油給小外甥女兒進補（啊，那魚肝油還真叫難吃）。大舅舅是個了不起的人物，在重慶還曾修公路供公車行走，老共主政以後把他算成資本家，打入大牢，好在有些昔日手下的工人感其仁惠，才迴護有加，沒有鬥死。可是後來又來了文革，他再度入牢了，全家人都吃了許多苦，范我存後來有了舅舅離世的消息，都不敢告訴年事已高的母親。

內壢崁仔腳的幼稚園老師

此刻的范我存，從臺北來到內壢崁仔腳做老師，教幼稚園，兼養病。民國四十三年，幼稚園還不普遍，但這裡是中國紡織公司的廠址，幼稚園是為員工子弟而設的。這些小孩都乖，家長也都尊師，幼稚園只有三個老師，日子單純，挺好過的。而且「幼稚園女老師」這個職業後來也曾是黛安娜王妃婚前的職業，聽起來還滿高尚的。但范肖岩，當年那個想存錢為女兒作教育費的爸爸，可能希望還不止於此。當然，他一時尚不能知道，命運其實另有安排，女兒的一生另有極重要的任務要承當。

高二，從北一女退學，這就是她的最高學歷了。

初到臺灣，插班北一女初三，日子曾是多麼快樂啊！這班同學來自上海，以及其他各地，有二十多個，她們都比較不乖，不像本地生順服地跪在地上擦地，把教室擦得一塵不染，整潔比賽當然輪不到她們班得名，年輕的導師也拿她們這批外省小女孩沒辦法。但六十年過去，她忽然收到從美國寄來的一封信，信上說：

「我在一本文學雜誌上看到你的名字，你還記得我嗎？我是朱啟泰。」

當然還記得，這導師，是當時眾女孩聯合欺負的好對象，而六十年後他寄來旅美生涯中所寫的舊詩跟他們夫婦分享。

還記得當時也演戲，齊邦媛老師的妹妹齊寧媛是班上最能說北京話的人，她氣這些江浙來的同學說不準國語，於是逼著她們「正音」，還逼著她們念ㄅ、ㄆ、ㄇ、ㄈ……

然而，禍事來了。

學校作例行體檢，竟在X光片上看到范我存肺部的陰影，肺結核。一切都中止了，學校怕她傳給別人，她於是休學回家，從此再沒有回去過。

婚前所生的孩子

曾經，母親是怎樣教她的啊！跟一般媽媽不同，除了詩詞那些讀物，她居然叫女兒去讀報紙的社論，又拿些早期俄國革命家克魯泡特金的硬硬的著作塞給她看，大概母親的意思跟後來北一女的校歌有點類似：

……

齊家治國，一肩雙挑

……

繼往開來，為我女界爭光耀

那麼偉大的事業，未必是每副女子的肩膀可以承當的，齊家治國不敢說，但范我存做到的或者可說是「治家」「澤國」吧？

母親既是嚴母，負責寵愛范我存的就是舅舅了。舅舅不單自己疼咪咪，也囑咐甥姪輩要大家都來好好善待咪咪（當然，那也要咪咪自己可愛自重才行。），好在大表哥善待咪咪的方法不再是勤贈魚肝油了，聽說表妹罹病休學在家，他就從美國寄來梵谷的畫冊和傳記，因為知道咪咪一向深愛藝術。「e化教學」、「自學計畫」是現在才流行的字眼，但五十多年前的范我存早就這樣做了，她勤於聽收音機，也勤於看書、練琴。

那人來訪，看到這些當年極為罕見的飄洋過海來的「奢侈品」，大為驚動，梵谷其人雖早已知道，但第一次看到那麼完整的作品集，內心的震撼實難言喻。連帶的，那人也愛上放在畫冊旁邊的伊爾文．史東的傳記（註4），便索去閱讀。這一讀，更不得了，立刻不可自拔，發願要來翻譯——這本書其實等於是那人和范我存共同懷孕生下的孩子，在婚前。

長夏幽幽

除了母親塞給她的那些硬硬的書，成長期間，她自有辦法找到其他文學資源。

「我們暑假要回家去，」那些武漢大學的大哥哥跟她說，「我們房間裡的書你想看就去拿來看。」

那些大哥哥是和范家母女一起在四川樂山租房子的房客，也許慣見小女孩渴讀的眼神，竟給了她那麼大的特權。而且，民國二十五、二十六年，也就是中日戰爭之前，文化界曾瘋狂地去翻譯外國文學，因此要讀托爾斯泰、讀屠格涅夫、讀英國的翻譯小說，都很容易買到。手執一本《羅亭》或《安娜．卡列尼娜》，在蟬鳴聲中閱讀，是多麼快意的暑假啊！

不止是讀書，在他們所住的院落裡，在第一進和第二進古老宅第之間，房東找了人來說書，黃昏的餘光漸暗，大人小孩簇簇擁擁都來聽，也不知道是誰給的錢，或者，也並不需要付錢。反正，自己是沒出錢就可以白聽的小觀眾。天更黑的時候則點上油燈，說書人在火光中說些《七俠五義》、《三國演義》、《珍珠塔》……范我存為這些故事而如癡如醉，那時候，她還只是個小學生。

小小的范我存其實已看得出來是個小美女，她瘦削鶴立，明眸皓齒，眼睛和頭髮有點淡褐色，皮膚則白皙細緻，近乎透明，說起話來細聲細氣。曾經，這種身型的女子，是肺結核最喜歡的宿主，何況當年父親就是死於此症，而整個十九世紀到二十世紀中葉，肺病一直是華人的最大殺手。

恰如她在家中是獨女，那人也是家中的獨子。范我存會是別人心目中的獨生兒子的理想妻子嗎？以家族的利益為考量，誰會想娶進病弱的林黛玉呢？健康的薛寶釵才是更好的選擇吧？

內壢崁仔腳，安靜無變化的教學生涯，而那人卻在臺北，在高寒的總統府內服他的兵役，這兩地雖不到一百公里，卻迢如千里之遙。唯她知道自己絕不會做林黛玉，雖然生的是一樣的病，但她要努力痊癒，為了那人，那人一向迴護著她。

幾年前，那人還讀大學，寫些像豆腐乾一般的小詩，投到《中央副刊》，當時的八行詩，主編孫如陵設下的稿費是五元。記得有一次兩人拿著五元稿費去西門町看電影——那人很愛看電影——共乘一輛三輪車，又吃了飯，回來，還剩下一塊半。啊，他是如此至情至性的君子啊，有了五塊錢，就來找她一起花，那人是可以偕老的人啊！

「要就全部！」

決定要翻《梵谷傳》，真是有點大膽。大學才剛畢業，不過是個文壇小新兵。梁實秋，他的老師，聽見他要譯梵谷，連忙好心勸道：

「那就節譯吧！全書太長了。」

「幹麼要節譯？」那人年輕氣盛，私下跟范我存說，「要就全部都譯了！」

兩人下決心聯袂趕工，用了一年的時間，不管身體多麼病弱，不管心情多麼沮喪，連載這種事，一旦開始就不能停的。從民國四十四年的一月一日，到十一月二十四日，三百二十八天，刊載了三百二十四篇，那人從來沒有斷稿。但三百二十八和三百二十四的四天差距是怎麼來的呢？原來一月一日刊那人的序，其他三天則因報社放舊曆年假而停刊。

不知道有沒有市場？不知道有沒有知音？那人只知道范我存是他義無反顧的合夥人，他們要努力讓稿子一天都不斷。

從民國四十四年十一月《梵谷傳》連載完算起，至今已過了五十四年了，曾發行《梵谷傳》的二個出版社都收了檔，《梵谷傳》卻依然被懷念，因此又有出版社願意重出。范我存於是重來操盤，而這一次不同了，校對時她看出有些句子不夠順口，校稿上便有她修正的筆跡，她不再只是那個抄寫員了。而且這個當年因病退學的女子如今活得健健康康，丈夫和女兒也都被她養得好好的。七十八歲了，仍然每逢禮拜三就去高雄市立美術館作義務導覽。她的語言和丈夫相比，丈夫是詩人，長於機鋒和雋語，但范我存則像說書人，說起話來鉅細靡遺首尾呼應，更為生動有趣。

民國四十五年的那場在新生南路衛理堂由聶樹德牧師證婚的婚禮如果可以再來一次，則聶牧師應該在慣用的「貧不相棄　病無悖離」的誓言外多加一段提問：

「范我存啊，你知道你要嫁的這位余光中是中文世界裡非常重要的詩人嗎？身為詩人之妻，你要使他的家族『老有所終，幼有所養』。他是眾人汲飲的井，但你是護井的人，你須護持其清澈澄潔，湧流不息。他是眾人採擷的果樹，唯你須供其雨露養分。你是他的朋友，他的手足，他的情人，他的母親，他的糾正者外加他的信徒。而且，做了這一切之餘，你還必須是你自己，是你美麗完足的自己。你，可以承諾嗎？」

「我，已經這樣做了，五十三年來。」

傳來的是范我存細柔清靈的吳音。

二〇〇九年十二月一、二日《聯合報．副刊》

註：

1館前路，那時候叫館前街，雖然路短短的，大約只有三百公尺，卻一直都是一條重要的路，因為一頭接著火車站、汽車站，另一頭接著「新公園」和園內的博物館。跟周邊襄陽路、衡陽路、重慶南路相比，它和公園路是少數以本身特色命名的路。當時的路很窄，因為東側一字排開全是違建，而違建一律是吃食店，店內生意火紅，賣的多是外省食物，例如蒸餃、水餃、鍋貼等（當時的本省人是「有家人」，比較不去「外食」，偶然「外食」的多是外省人。），這裡賣的算粗食，但人潮洶湧。《大華晚報》便創業在這條街上，是當時「第二重要大報」，第一重要的是《中央日報》，它位在中正路上，亦即今日的忠孝西路，二報相距約五百公尺。

2這是臺灣近年興出來的特別用語，一年級指民國十年到十九年出生的人。余光中生於民國十七年，屬一年級，范我存出生於民國二十年，屬二年級，餘類推。

3另有較早的資料，以為范肖岩是生物系的，范我存後來赴浙大查證，弄清楚父親是園藝系的。

4伊爾文・史東（Irving Stone）是一九〇三年出生的美國傳記作家，他本是加州大學經濟學講師，「不幸」得了一項劇本獎，得遊巴黎，從此便放棄了教師「正途」，從事起寫作來。其成名作即是《梵谷傳》（*Lust for Life*）。他寫此書極耗時耗力，因而想出一記「劫富濟貧」的寫作怪招，他寫偵探小說來維生，其中有五本偵探小說作了他「隨著梵谷的腳步一程一程去親自考察」的旅費，是個「以俗養生，以雅傳世」的奇人。他劫的是自己通俗作品的版稅，濟的是自己為前賢立傳的千秋大業。除了此書，他另有作品也不錯，例如：傑克倫敦、林肯夫人、傑克遜夫人和米開朗基羅的傳記，另有一本構思特別的《他們也參選了》，寫了美國總統大選中落選的十九位俊彥。

由於那五本偵探小說都貢獻作「現場勘察費」用完了，史東後來只好另寫了二篇血淋淋的謀殺小說，賺的錢等於成立了一個自設的「史東寫作基金會」，贊助了史東自己半年之久的寫《梵谷傳》的花費。

「我好奇，你當時為什麼來救我們？」

黃昏的時候，黃昏星出現在我家前陽臺。

他的本名叫李宗舜，這是我在今年二月才從陳素芳那兒知道的，這居然已是三十年前的事了。

他說話有點小聲，樣子有點驚魂甫定，這，不太像「神州諸豪傑」的作風。

豪氣干雲會神州

平日，他們來時，臉上慣常掛著像是剛從「群英會」上宴罷歸來的那種落拓不羈、鷹揚拔扈的豪氣（其實，很可能已經餓了好久了），然後，當胸抱拳，大聲說：「我們的大哥很看重你，請你給我們的雜誌寫篇文章。」

這種措辭聽來頗令人大吃一驚，你們大哥？不就是溫瑞安嗎？他有才華，有領袖魅力，不錯，但來邀稿也不需這種陣仗吧？

但他們年輕，他們熱愛文學，他們多半來自遠方僑居地，為了「文化祖國」，為了「從事寫詩大業」，他們吃盡苦頭，你忍心不多愛他們幾分，敬他們幾分，憐他們幾分，乃至縱容他們幾分嗎？

記得有一年聖誕節，想請他們吃一頓豐盛的，便在家裡備膳，倒也賓主盡歡。飯罷擠在客廳裡，我家客廳大約九坪大，他們一個挨一個坐在地上，居然還擠得出一小塊表演區來唱豪氣干雲的歌，打虎虎生風的拳，真是差點掀屋頂，事後亮軒說：「哎呀，這種聖誕夜，倒沒見過。」

大概是因為聖誕節一向都是「洋節日」，而他們卻「十分中國」，他們當年在臺灣能一度掀起的「局部風雲」，（文學本來就不是大多數人有興趣的生活項目，文學一向弱勢，文學界不管發生了多麼驚天動地的大事，在整個社會來看都是小事一樁，都是「不干我事的局部風雲」。）其實就在於他們喚起了一些臺灣當時正漸漸淡忘的「故國情懷」——不是在上者所宣傳的「反共大業」中，所等待「還我」的那片「河山」，而是記憶中漢唐盛世的顯赫身世，而是杏花春雨江南的婉媚柔情。其實，這些情懷不難尋繹，到余光中詩裡去找，到金庸的故事裡去找，到魯迅等禁書裡去找，大概都能令人「引杯成一醉」。當年這些小朋友便努力咀嚼中國、思忖中國、驚豔中國、傳布中國、反哺中國，嘴饞的甚至吃些中國（經由香港，買些小零嘴），歌喉好的就唱些中國小曲——而這些，基本上跟「中華人民共和國」沒什麼關係。讓他們脈為之張、血為之沸的是另一個中國，不是橫跨一千萬平方公里的那個中國（照我小時候所念的教科書資料，中華民國的土地有一千一百萬平方公里，但這種算法是包括外蒙在內的，如今老共不算外蒙，所以土地就小了些，現在舉成數一千萬），而是縱貫五千年的那個中國。他們多半來自海外，有點「政治絕緣」，但他們絕不會「親共」，要詩人去親共，太難了。當然，他們也大約不會是肯喊「中華民國萬歲」的人（而，我是的，我願這個「在臺灣的中華民國」永續生存）。

相較之下，「三三」那個文藝團體就平實多了，他們的成員至今仍創作不息，真是細水長流，像朱天心、朱天文、朱天衣皆各有所成，馬叔禮也仍辦著他私塾式的國學教育事業。連卜居美國多年的蔣曉雲，最近也「再鳴驚人」冒了出來，令人小小嚇一跳，真是寶刀猶刃。當然也許應該歸功於三三有個朱西甯老將把舵。不過，如果起朱老於地下，他一定用他一貫溫和細柔的聲音分辯道：「不是，不是，我沒做什麼！」

（唉，寫到這裡，真的很想念朱老，他有一項福氣是常人所無的，那就是他的骨灰罈常年由慕沙姊放在家中，如此生死情義，令人思之淚下。）

兩肋插刀‧奔走營救

啊，我說到哪裡去了？對了，黃昏星站在我家門口！

「出事了……」他說。

我立刻揣摩出真相來，而他是來求救的。我當時立刻歸納出形勢：如果他們很「左」，海外自有人來救他們。如果他們很「獨」，海外更不愁沒人大力援救。但他們偏偏很「右」，處理右派的人，像關起門來打自家孩子，打死了也沒人問。

我決定出手救他們，但我一介書生又哪有什麼本事救人家？於是決定寫三封信（反正我也只有這點能耐了。大不了拚著危險把口氣寫得兇一點，來壯壯自己的聲勢而已），我又覺得打獨架不如打群架，所以寫給周應龍（當時的文工會主任）時，就徵得余光中、亮軒和羅青的同意，四人一起署名，另外兩封信寫給新聞局的宋楚瑜和調查局的阮成章，是我自己具名的。宋先生是「不小心」在大學同學家中認識的，同學和「萬水姊」是中學同學，我那天席上因不知這位「同學的同學的先生」是官，開言罵了政府和官員不少壞話（酒醉飯飽，不罵人能幹麼呢？），我如事先知道此人就是官，一定選擇「慎言策略」。好在他覺得我罵得有理，也就相談甚歡。至於阮成章我視他為「弟兄」，因為他跟我同一教會，我認為他是誠信正直的人，而且他還一路從「文藝青年」變成「文藝中年」，應該較一般官員更多同情同理之心。十一年前他去世，借懷恩堂舉行追思禮拜，為此儀式作講員的人便是我的先生林治平。

我跟周應龍不熟（我跟楚崧秋比較熟，但他已不在其位了），卻認識他的祕書孫起明，孫起明也是基督徒，且他來自高雄，他高雄的教會和我也屬同一支，即俗稱「國語禮拜堂」的便是。此人，「一人支薪兩人服務」，每次他在辦公室弄到深夜，他的妻子則負責在家先睡覺。等他回家，就輪到他倒頭大睡，他的妻子再爬起來焚膏繼晷，幫他處理文稿，如此黽勉從公也算古今少見。（古人哪來如此具有實力的妻子？）

後來，溫瑞安和方娥真便出獄了，但我所寫的三封信裡是哪一封「最有力」，卻不得而知，我自己認為是三人都去「關切此事」了。照方娥真事後追述，他們已移送軍法單位，能安然放出來也頗不簡單，以當時的「行情」，「通匪」之罪可以斬，可以無期，可以綠島。此兩人雖放了出來，卻遭驅離出境，於是他們便去了香港。

耐人尋味的是此兩人的案子結了以後，警總方面卻擺了一桌酒，也許為了慎重，他們還請了一位文壇陳姓大老坐首席，擺酒席的意思似乎如下：

你們文藝界也忒麻煩呢！唉，好了，好了，你們要的人我們也放了，總算讓你們如願了，大家乾個杯，此事就算圓滿結束了吧！

不過「大老」似乎並不高興，不高興而又來了，大概是因為警總下帖子，總不好拒絕，他說：「文壇有這批人，這批人又出了這些事，什麼被捕、釋放……這些事我一概都不知，哼，可見我已是一個老朽了！」

唉，看來我奔走營救的行為，大概已得罪這位文壇大老了。當然，也許他說這番話只是為了「遠禍」。

既然吃了人家的好席，我當時也有幾句話奉送請客的主人（忘了他的名字），我說：「這些年輕人，容或不懂事，但罪不至死，嫌他們行事不端，小孩子嘛，叫來罵兩句也就是了，何苦動那麼大陣仗把他們抓起來呢？」

既然贏了，話就輕輕說吧！

理念的匡正

民國九十九年四月，《文訊》刊出神州事件之後，我打電話給孫起明，問他當年周應龍有沒有出力，他說：「當然有。」

我相信宋、阮兩人也盡了力，而且從「吃到一頓飯」來看，去講情的人應該是挺罩得住的，否則放人就放人，幹麼還給一頓好吃的。

事隔三年吧，我偶過香港演講，溫、方兩人來看我並且相謝，溫忽然問我一句話：

有一件事我很好奇，一直想問你，你可以告訴我你當時為什麼來營救我們嗎？

我當時四十歲了，有點世故了，我知道我怎麼說會討好他，我「應該」說：

「你們是不世出的才子才女，我因愛才，所以出手相救。」

如果我這樣說，並不算撒謊，因為他們的確有才華，而我也的確愛惜他們的才華。

可是，這樣說就是「市恩」（賣恩惠），他們就欠我一輩子，我於是淡淡說道：「沒什麼，事情就是該這麼做的！」

我不只是要救他兩人，我要挽救的是國法的清明，是理念的端凝，是天道的正直，「君子愛人以德」，愛國家愛政府也當如此，也當好好匡正他們。

而且，他倆既得救，其餘神州的諸小友也就可以不予追究了。這樣做，是救一串人啊！

尾聲

事情還有一段小小尾聲，那就是我當年做這些事情，不免有點惴惴然，很怕向天（也就是上帝啦！）借膽去仗義行俠的後果是我自己也不安全了，也被視作「同路人」而給抓了「進去」。這種例子，以前常聽到。所以就跟丈夫約定兩個暗號，萬一我被抓，萬一有信到他手上說我此刻很平安，他必須憑暗號知道我是「真平安」或「假平安」，如果是後者，就得趕快來營救我。

今年我忽然憶及此事，便問他對此事是否有記憶，七十二歲的他說：「嗯……呃……咦……好像有那麼點影子，暗號？你說什麼暗號？誰記得那些呀！」

唉，唉，他居然忘了，這可是生死攸關的大事啊！好在叨天之幸，我安全活到如今，依然活蹦亂跳（不對，其實是蹭蹭蹬蹬），依然到處亂管閒事。回想當年如果出了事，要靠糊塗丈夫來相救，恐怕早就小命不保矣。

當然啦，如果你說「不須記住暗號」是由於人活在太平盛世，因而養成免於恐懼的好習慣，那也沒錯啦！

二〇一〇年六月《文訊》

又及：

我有位學生，他學的雖是醫，卻一向對繪畫和文學很有興趣，他讀了我發表在《文訊》上的此文，寫了封信來，信中說：

老師呀，讀了你的文章，我嚇得差點從椅子上跌下來！原來當時去營救他們的人是你呀！

嘿嘿，我心裡想，你這少年底（就是普通話說「你這小伙子」）不懂事，你當你們的這位國文老師只會「子曰詩云」只會「韓柳歐蘇」嗎？文中有名有姓的人物除了陳姓文壇大老和文工會主任周應龍先生、調查局長阮成章先生三人故去外，餘人皆一一健在，可以細細繹之，能活到老，把故事真象說出來，去嚇嚇後輩小子，也挺不錯呢！

輯五／七公分的甘泉

八公尺的愛

婦人坐在椅子上，椅子靠牆，她今天要做她例行的視網膜檢查。這裡是一家大型綜合醫院，人來人往，此刻還差二十號才輪到她。

小男孩被母親牽著從迴廊那邊過來，做母親的只顧走路，小孩卻趣味盎然地看著牆邊椅子上一排坐著的人。大概是四歲吧，正是腮含桃花，眼似春星，不笑也滿臉喜色的年紀。

他來的方向是婦人的左方，他看到婦人了，婦人也看到他，兩人相距大約四公尺，他不知為什麼忽然快樂地揮起手來，嘴裡喃喃說著：

「你好，你好，你好……」

這小孩已經學會他的應酬了，她想。不過他又笑得那麼真心誠意教人疼憐，婦人忍不住也向小孩笑了。看到婦人有回應，這小孩興奮地更大力的揮手，笑容也更燦爛了，這時，他已走到婦人正前方了。這樣的小男孩，這麼漂亮又這麼愛跟人笑，長大了不知要傷透多少女孩的心啊！

就在這一恍神之間，小男孩已走過了她的正前方，有趣的是他雖然扭著身子持續回頭揮手，並對她持續微笑，嘴裡的說詞卻已變成：

「再見，再見，再見……」

婦人嚇了一跳，從視線互觸，到打招呼，到興奮莫名，到決絕再見，只不過幾秒鐘，四公尺外有個九十度的轉彎，小男孩便從婦人的右前方消失了。

整個過程，小男孩的母親渾然不知，她看來有點憂急不耐煩，嫌小男孩走路不專心。

總共八公尺，她目測了一下，從小男孩出現，到他消失。

——還沒有叫到她的號，她枯坐著等待，半小時後她又看到回程的男孩，男孩可能有向右看的習慣，這一次，經過她的時候，他的眼睛只顧向另一側的窗景看去。

二〇〇七年八月六日《聯合報・副刊》

七公分的甘泉

——隨口做好事

1

旅行回來，桌上堆滿債務，例如某些稿件該交了，或某個採訪要訂下時間，或某本書的序請求幫忙……我卻獨獨盯著一張小紙頭發呆，紙只有半張A4的尺寸，淺黃色，是一張尋鳥的故事，其詞如下：

養了五年的黑文鳥不見了！黑白灰毛色，很親人，麻雀般大小，拜託大家如果有看到請跟我聯絡，必會好好答謝。

我看了啟事第一件想到的是，天哪，最近氣溫這麼低，這隻小鳥想來凶多吉少。

主人署名廖小姐，她留下手機號碼。

接著我想起十年前女兒也養過白文鳥，後來死了，我們開車上山把牠埋了。後來，就不太忍心再養鳥。人類已經夠短命了（如果跟松柏比），鳥又比人更短命，養鳥、養狗都得眼睜睜看牠們死。

而這位廖小姐的黑文鳥是白文鳥的親戚，我對牠的出走和死亡也有一份哀傷。

當然，如果牠運氣夠好，頭腦又夠聰明，也許牠又摸原路回家了。

唉，既然有電話，我就來打它一下又何妨——不過，且慢，如今詐騙案那麼多，我會遭人看成騙子嗎？應該不是，我的聲音和騙子的是不相同的。除了口音，音色也不同，做了五十年老師，聲音裡自有一些騙子所沒有的東西。而說到口音，因為「騙子大本營」常設在大陸沿海，所以騙營小兵常是大陸沿海女子，他們的音腔和臺灣常聽見的腔略有不同。

但就算沒遭誤會為騙子，也總脫不了一個「怪」字，試想，我跟廖小姐非親非故，她的愛鳥我又沒見過，打電話給她除了浪費我的錢和她的時間外，又有什麼意義？

可是，她是我的隔街的鄰居，聖經上不是說「當愛你的鄰舍」嗎？好吧，就算她有可能視我為神經病，我也來試試撥她的手機吧！

接通了，我結結巴巴、囁囁嚅嚅努力想把話說好。

「我看到你丟在我家裡信箱的尋鳥啟事，我出了國，剛回來，妳的鳥找到了嗎？」

「沒有耶。」她的聲音落寞。

「如果沒有，我勸你就看開一點吧！小鳥作了牠自己的選擇，事情也就只能這樣了。世間緣分總是常有遺憾的。」

「啊，謝謝你，謝謝你。」

我們於是掛斷了電話，她並不知道我是誰。

奇怪的是，我跟她說話的時候，眼中竟也盈淚。我並不是悲那隻鳥，我悲一切的傷別離和憎相會啊！人類和羽族，其間亦自有真情在焉，情之所至，也正是苦之所至。其實人家寵物走失關我何事，但「順手撥一通電話」「順口說幾句好言」，在紛繁卻荒涼的都市生活中不也是一分布施嗎？

鑄長劍以斬惡蛟，這種身手不是人人有的，但順口說幾句好話來勸世，應該不難吧？好話累積多了，比外匯存底多，福氣要更大一些啊！

2

詐騙電話不知何故常找上門來，我倒不怕上當，卻疼惜自己曉夢每遭人阻斷。

平常我都說一聲：「對不起，我忙。」就掛斷了。不管是他要求我去籌款贖兒子，或是說什麼有人拿我的身分證正在行騙之類的話，我都嘿然不語。

可是今年，是民國一百年了，我自己也七十歲了，我立下決心要來點不一樣的反應。幹麼騙子一來我就躲？幹麼連一句話都不敢吭！壞人是她沒錯，但身為「好人」的我難道就不能施捨一句好話嗎？好人跟壞人不一樣是人嗎？其實好人和壞人的差別無非是壞人另有價值觀，他想到的是利或其他好處，如：

「只要有錢，我啥都幹！」

「你想要我的錢？門都沒有！」

「這人討我厭，我殺了他吧！」

「你敢擋我，我要給你好看！」

好人想的卻是：

「事情怎麼弄成這樣？我不知還能幫上什麼忙？」

「上天把我安排在此時此地生存，總有些什麼叫我去做的好事吧！」

「少點錢，算了，我該盡一點義務的！」

也許大部分的人都小心的不選邊站，做壞人，下場不好，做好人，太吃虧。還是平日「做好人狀」，碰到事情，才在最短時間內立刻完成裝備，變成壞人。

好，電話果真又來了，少年時在教會曾聽到牧師一句話：「魔鬼雖有百般不是，但他也有一個好處，就是工作勤快，基督徒反而懶洋洋的。」

這些以打詐騙電話為業的人，也是工作勤苦的人。

「小姐，」我說，「你做這行，對你不好，你換個職業吧！」

「神經病！」她摔了電話。

「小姐呀，詐騙不是好事，別做了！」我繼續我的順口行善事業。

「你說什麼呀？我是健保局，你的健保證……」

壞人哪能那麼容易聽勸？但勸一個是一個，勸半個是半個吧！如果每通電話都反勸她一句，她遲早會回頭，唉，我真想推動一個「反勸騙子回頭的運動」。

3

有次坐在榮總大腸直腸科的外面等待就診，卻見一家三口坐在一起，討論個沒完沒了。聽個五分鐘，也就聽懂了，老頭子叫老太太要去住院，看來她得了大腸癌，年輕的一個則告訴她該準備些什麼住院物品，說著說著老太太就來一句：

「那，哪個煮飯把（把是給的意思）你吃？」

接著，兩人又開始勸她務必要住院，但在某個話口上老太太必然又準確切入：

「那，哪個煮飯把你吃？」

老太太蒼黃瘦小，不停的眨巴她細小昏眊的眼睛，卻堅持著她的反問。幾個回合下來，我想，我得跳下去了。而這家人似乎是湖北人，我不會說湖北話，但也厚著臉皮去撇出那個腔來，我說：

「老太太，老太太，你病了，你要住院開刀了，你一輩子伺候人，可是你現在病了，你要開刀了，你不開刀你會死的，你非住院不可！我也病過呀，我也開刀呀，現在又活得好好的，你聽醫生的話，好好去開刀，老頭子要吃飯，他自己會吃，餓不死他的，你顧好你自己最重要。」

這是我生平第一次的「湖北話模仿秀」，居然說得這麼長，這麼順暢，倒也意外。雖不敢說字正腔圓，但老太太一家顯然也都聽懂了，我說的時候，半慈半惡，老先生發現半路跳出援軍，也就乘勝追擊。

「你看，你看，人家都說了，你是一定要住院的——」

他們終於站起來，打算去辦住院手續了。

4

一張嘴，兩片皮，量也來不過七公分左右，我們曾用它來罵人、損人，來說刻薄話。但，拿它來勸人不是更好嗎？政壇擾擾，政客公然撒謊，連中研院的李遠哲都敢說「選舉語言」是自可另成語言。不對，一張嘴，不得說謊言，七公分的善泉，自應湧出甘冽以濟人，人人都善用這七公分的善泉，則整個社會便自有一些提升吧？

二〇一一年三月《文訊》

山寨版的齊王盛饌

1

車到漢中，有點晚了，已過了晚餐時間，但由於主人的盛意，我們走進了餐廳，而且還有了一個房間。這地方是古城，我坐下的時候心中想著的是司馬相如和蘇東坡，這些來自成都方向的才子，在赴長安大城的途中，想必也在此地打過尖。

菜一道道端來，忽一回想，發現近年大陸餐具有其令人驚喜的進步（其實，我們這邊也一樣），就是放棄了早期繁複的景德鎮式的彩色圖案的瓷盤，改成素雅明淨的白色骨瓷盤。白色令人一目了然，不容易藏汙納垢，讓人在清潔方面先放了心。再加上中菜本身色彩豐富，又常是放得滿滿一桌，白色隱身自重，不會去跟美食互拚顏色，弄得兩敗俱傷。簡言之，白盤子可以令食物十足呈現它的翠碧或豔紅，真是一件了不起的「大躍進」。華人一向喜歡讓莫名其妙的熱熱鬧鬧的彩色紛陳並列，熱鬧到要爆炸，如今肯用簡單素淨的白盤子真是美學上的新境界。

也許憐我無酒力，主人帶來的酒名叫桑皮酒，據說是用紅色小山果（長得像小枸杞或茱萸）釀的，滋味淡而遠，是別處沒有的，頗令人難忘。吃到尾聲，不知怎麼，又忽然端上一盤菜來，盤子不大，菜的顏色倒挺漂亮，淺綠的芹菜丁，加鮮紅的辣椒丁，至於這些配料配的是什麼主菜，我大約猜得出來，但我還是問了一句：

「這道菜是炒什麼？」

「是炒雞腳趾頭。」

哎，給我猜對了，可是，這麼「寫實派的形容食材方式」，叫人不免有幾分憾意。及至下箸（其實是用湯匙舀的，這東西小小滑滑，筷子頗不好挾），卻覺十分可口，原來我於食物的品評，除一般人常說的「色、香、味」之外，特重觸覺，此菜清脆中又包含柔韌筋斗，對我來說十分可喜。

「這菜，是這些年才流行，還是本來就有的？」

但他們答不上來，只說：

「好像也有一陣子了。」

我有點失望，但也不便窮追猛打，暫時留下一段疑案。

炒一盤去了骨的雞腳趾頭，原也不是什麼名貴大菜，我為什麼刻意要問是不是因「經濟大好」，不僅「少部分人富起來」，而是「大部分人已富起來以後」的結果？原來此菜雖不怎麼起眼（甚至可能有些人根本不屑吃它），卻也來之不易。它有點像臺菜裡的「炸龍珠」（其實是「炸魷魚嘴」），說來也得五十隻「魷魚嘴」才能湊得一盤子。一天若有十個客人來點此菜，就得準備五百隻「魷魚嘴」。而一隻魷魚只一張嘴，所以這小小一盤菜必須合眾力才能辦成，（否則自己去哪裡買五百隻魷魚呢？）其中最麻煩的可能是貨源和運輸（順便說一下，此菜在阿扁時代是上得了國宴的，不同的是，當時用的是「極大」的龍珠，比小龍珠的直徑長一倍）。

又像馳名的萬巒豬腳，一隻豬只四隻蹄，小小萬巒鄉哪來那麼多豬腳？於是起先是向外縣市調貨，接著竟至要國外進口。炒雞腎，炒的也是「天下之公（雞）」的精華，一個臺灣的全體公雞當然不夠用——所以，回頭來說「魷魚嘴」，也須仰仗遠洋漁船和老外的「魚餘」。

同理，炒雞腳趾頭的麻煩亦然，這類菜，家庭主婦如果想一試身手很難，因為取材不易，它是食品分割以後的特殊品類，你必須透過特殊管道才能取得你要的這一小部分。

取得雞腳以後，當然還要加上去骨。這件事，也不知是該誰幹的活？有「無骨雞腳丁」在販售嗎？或者，各家師傅必須自展長才？至於下鍋揮鏟（連爆香），大概不出三十秒（雞腳丁想已先行氽燙去腥了），反而成了整件烹調行為中最微不足道的小事一樁。

這盤菜，其中最貴重的，應是「交通網絡」的建立，全境公路或鐵路要發達，才能吃上一口這種菜。雞雖有腳，但牠自己是不會走到漢中城來的，牠的玉趾，想是坐火車、坐汽車乃至坐飛機來的吧？

所以，我才會有這樣一問：

「這道菜，是近年流行起來的嗎？」

想起雞腳就聯想起交通，想起交通就聯想起——你一定要相信我，我不是在耍肉麻——孫中山來了，這百年難得一見的因真知力行而充滿魅力的奇男子。

為什麼會想起孫中山？是因為為他而悲。百年前，他打下江山，但他想做的官居然是「交通部長」。想來真是對極了，沒有交通網，中國的大有什麼用？不過是千千百百個窮窮苦苦的小集小鎮小村小鄉，連不成線，構不成面，那算什麼泱泱大國？

但交通網又豈是好架的？寸寸皆須金磚玉砌，民初的國人哪有那成本？他終於撒手人寰。我每次搭載極便捷的交通工具，總是為孫中山而傷悲，如果天假以年，如果他能活到今天，如果他能搭一次捷運，如果他真的能效力交通建設……

2

跟一盤炒雞腳趾頭有關的聯想其實更多，那就更說來話長了。

年輕時代讀書，只貪多，也不甚求解，加上五十年前工具不多，想留資料，多靠手抄。我疏懶，自以為可以靠記憶，其實根本沒辦法記住那麼多，大部分的資料只模模糊糊知道有那麼回事而已。

到了三十多歲，有天讀王方宇先生的文章，非常欽佩（他是旅美漢學教授，也是美術收藏和論述的權威），他的文章寫得好，但其實另外一件令我著迷的是他自署為「食雞跖廬」，食雞跖？有點熟，卻也有點忘了，於是趕快又去查，原來是《呂氏春秋》上的比喻故事：

善學者，若齊王之食雞也，必食其跖，數千而後足。

高誘的注則說：

跖，雞足踵，喻學者取道眾多，然後優也。

我當時第一個反應是，這齊王也真是個大胃王，雞腳踵不知一塊有多大，就算小如黃豆，吃上數千個也太貪嘴了。而踵又是什麼部位？辭典的解釋有二，其一是腳跟，其二是全部的腳板。雞不像人，所以不會有腳跟，而如果說腳板，則雞不像鴨，也不具蹼（腳底板）的生理結構。至於那幾根雞腳爪子，因皮比肉多，看來也不怎麼精華高貴。所以我私自揣想，挑嘴的齊王所愛吃的，應該是雞腳中心的部分，那裡有一塊直徑約零點八到二點零公分的「筋球」，此筋如長在豬的腳，菜單上叫「虎掌」（中菜菜名一向有自我膨脹的習慣，所以「豬掌」就忽然升格成了「虎掌」了），跟烏參一起燴煮，再墊幾張燙過的西式生菜葉，可算是一道美味。可是雞腳中間那一塊該叫什麼呢？叫鳳爪是不行的，鳳爪是指整個雞的腿脛骨，這塊齊王愛吃的「筋球」如果比照對豬的辦法，就該叫「鳳掌」了。鳳掌當然也是得之不易的食物（看來挺富於膠原蛋白），但如果是齊王（算來，齊國是「富有的、已開發國家」），他是有錢的，御膳房大概供得起。麻煩的是《呂氏春秋》也不說明白，「數千」究竟是幾千？就算兩千也要一千隻雞啊！在一千隻雞身上各挖一小坨筋球，剩下的雞屍要怎麼辦呢？大概都送給了大大小小的群臣了吧？

唉，奇怪，《呂氏春秋》不是「改一字就可得千金」的完美著作嗎？記載美食卻記得如此不清不楚，不說貨源是什麼雞，也不說那筋球有多美味，更不說拿什麼湯來提味，此外是蒸的？煮的？烤的？炸的？滷的？麻辣的？白切的？涼拌的？火鍋的？小炒的？……大概呂不韋當年養的食客全是君子，君子遠庖廚，害得我這淑女（二十一世紀了，君子的反義詞不是「小人」了，是「淑女」）推敲來推敲去，都不知道兩千三百年前齊王那道菜是怎麼燒的。唉，要是呂不韋當年養的士人中有女士就好了（唉，不行，他不敢，怕呂夫人會想歪了），當然啦，女士也有「不煮族」，所以要會煮菜的女士才行，像我，就能把事情說清楚了。

如果養的士是孔子型的人物也不錯，但也不能保證孔子自稱「多能鄙事」的「鄙事」包不包括煮飯？

可惜！可惜！一道好好的食譜，只因記錄的人不肯「順手」多寫一點，弄得我們都沒本事去恢復齊宮中令齊王失態大嚼的美味。學者常常記得的是故事的引伸比喻，其實比喻不比喻算什麼，「美食之方」才千金難求哪！

3

王方宇先生是前世紀一位奇人，他的成功是才華、用功、加上財富和運氣的種種總和。當然，更了不起的是他對藝術如對宗教的一線專忱，這種兼人文、藝術、收藏於一身的人，這個自詡「只食雞跖精華」的學者，現在已不容易看到了！「食雞跖廬」熄燈了，但我對雞跖的食方依然好奇。

少年時代只懂得喜歡唐詩（蘇東坡當然例外，他是跨時代、跨領域的），中年以後才漸漸多喜歡宋詩，眾詩人中又不免對陸游有點偏心，倒不是因為他「愛國」（「愛國詩人」是句不通的話，哪有詩人一天二十四小時愛國？或一年三百六十五天愛國？他總得寫點別的），而是因為他那麼熱心地在記錄南宋時代南方農村的點滴生涯。他到處去喝村酒，到處去賞山花，如果要找導遊，陸游應是不錯的人選，他會吃會喝會玩，而且還到處交朋友。

陸游詩中有首談到和鄰居喝酒的事，既談酒，不免也就說起下酒菜來，其中有兩句是這樣的：

> 雞跖宜菰白，豚肩雜韭黃。
>
> ——〈與村鄰聚飲〉

聽起來很像目前中國大陸時興的「農家菜」，其中後一道菜如何做我不知，但前一道顯然是用雞腳趾頭炒茭白筍，茭白筍和雞跖都清脆可人，茭白在江南又是沼澤地帶隨手可得的好食材，小老百姓哪有那麼多雞可吃，配點茭白既經濟又爽口，算是「山寨版」的「食雞跖法」。

這次在漢中古城吃到炒雞跖，真是又驚又喜，當地的人也許不知道他們稱之為「炒雞腳趾頭」的小菜其實大有來歷。也許這菜自古並沒有失傳過，但脫離皇宮後，民間庶人的方法好像跟陸游的鄰居如出一轍。也許他們縮小規模，不讓饕客吃數千個，只讓他們吃數十個。再攙合點配料，如我在漢中吃到的芹菜紅椒之類的。當然，如果不堅持只吃腳心肉，而把腳骨節處理一下，一隻腳也可以切出二十塊小丁丁。套句臺灣人愛用的「古早味」一詞，這道菜還真是「十分十分古早的古早味」。

能在古城的旅邸裡遇見古代的吃食，在郊原初潤的春天，還真不是普通的幸運！

後記：

春四月，我本想自己一個人從蘭州一路赴成都，去看千里山花。在我而言，這原是「赴美」之行，（不是去美國啦！）蒙《讀者雜誌》仁弟仁妹不忍，怕我成了「赴難」（讀作「南」）之旅，於是珈禾小姐銜命把我送到目的地，此文是記載路經陝南漢中古城所吃的一道古菜。

二〇一一年十二月《文訊》

那天的午宴

在我的朋友中，有「才」華的才子才女不少，但有「財」的財主卻不多——應該說，很少，或者絕少。

最近有個才女執意要請我吃飯，她也是個窮的，卻因宗教上的信心，大著膽子一路快樂地活著，並且，編雜誌。我答應她吃飯以後便開了個條件，我說：「好，既然如此，餐廳由我指定。」

我選擇離開臺北市，到川端橋另一邊去吃餡餅，要吃便宜的美食，祕訣是必須走遠一點，城裡的店家必須付昂貴房價，他們哪有辦法價廉物美呢？

說是過橋，其實距離舊市區不過兩公里罷了。

我們點了牛肉麵、餡餅、蔥油餅、蒸餃和幾碟小菜，其場面略如一個大三的工讀生偶然領到一筆獎學金的請客規格——而我們的快樂亦同於二十歲時食欲旺盛之青年的單純快樂。

我們一桌四人，主人，我，加我丈夫，主人還另請了一位設計界的朋友。這家小店陳設雖不雅緻，卻也乾淨明亮，而且沒有到幾點鐘就要趕客人走的大規矩。加上，他們還肯提供滾水服務，讓我們可以泡自己帶去的好茶。我們高談闊論，幾乎忘了時間。這樣的店，簡直是街坊鄰居嘛。我才知道，老板是二代外省人，前半生是軍人，十幾年前去中國大陸，娶了肯學能學又吃苦耐勞的妻子——這幾乎是一切成功小吃店的共同祕訣：配偶的一方想做，另一方捨身相配合。而且，他們對這類食物有信仰，相信這是好吃的、令人喜愛的、不可或缺的、不能後繼無人的食物。

聊天時我偶然提起在資料上看到一部電影簡介，是一部為女性發聲的電影。片名叫《大眼睛》，她二人大概算「影友」，聽到我的話，看看腕錶，立刻跳起來，丟下一句：

「啊，快，我們還來得及去看下午場！」

一面說著一面竟風馳電掣般地消失了，那天的午宴便告結束。我和丈夫沒空去看電影，便各自回去趕稿。那天晚上設計家來電話謝我，說，電影很好看……

我這些朋友真是質直可愛，說要請客就非請不可。到了餐廳坐下就吃，吃完了又聊個不停，嘰哩呱啦沒完沒了，大家搶著說話——及至聽到有好電影上映，居然拔腳就跑，簡直跟陶淵明直話直說「我醉欲眠卿可去」有得比。

這場便宜又好吃的午宴其實挺令人難忘的，不過其中最令我最難忘的一段聊天如下：

我說：

「我搬了新家，新家和舊家不遠，只隔兩百九十步，但奇怪的是我在舊家住了四十年從來不曾聽到什麼風聲，新家的風吹起來卻簡直是鬼哭神號，我家變成了『咆哮山莊』！這風，也奇，不曉得繞的是什麼道？」

她兩個立刻異口同聲說：

「啊呀！簡單，你去換一副好的氣密窗就沒事了！」

我瞪著她們一、兩秒鐘，才吐了一口氣：

「不對，不對，你們搞錯了，我說那風鬼哭神號，可是我一點都不討厭那種鬼哭神號！我是喜歡的呀！身為臺北市民，你能聽到什麼天籟？耳朵裡除了車聲還是車聲，加上剎車聲、喇叭聲，再外加救護車、救火車……，你幾時聽過海水拍打岩岬的聲音？你聽得到海鷗交相呼應的聲音嗎？你聽得見夜晚森林裡貓頭鷹的叫聲嗎？你何曾聽過小蟋蟀在床下的低吟？我們什麼也聽不到啊！所以，風聲和雨聲是我唯一可以聽聞天音的管道了，我幹麼要氣密窗？就算這風吵得我睡不著，我也覺得睡眠不太重要，能聽到風的聲音才是大福氣啊！」

「哦，原來你是個不怕風吵的，那好哇！」做設計的朋友釋然一笑，再不提她的氣密窗。

哎，能在飲啄之際，跟明白的朋友把話說得明明白白，互相心領神會，真是多麼好的事啊！

二〇一五年九月一日《明報月刊》

橋廊及橋廊所見

1

我是多麼喜歡橋廊啊！而我現在正走在一座橋廊上，我說的橋廊是指大樓與大樓之間如跨虹如臥龍的那種通道。此廊可以遮風蔽雨躲日頭，而且足下還有花園可觀美景。話說，凡大樓都應該各自獨立，才比較有其尊嚴。但大樓如果能相聯相接，就更多出許多方便和變化，橋廊因而產生。

我此刻走的這座橋是醫院裡的橋，一般人到了醫院，心情總不會太好，但有了這座橋廊，你可以一面走，一面伸手把不小心颾到玻璃窗內來的樟樹枝撥回去，那時候，你心中難免稍稍竊喜——雖然你可能正等著看癌症切片報告……

醫院大樓的相連，不一定靠橋廊，把建築蓋成小型摩天樓（例如說，五十層），也能解決空間問題，但沒趣。而在紐約，某幾個醫院竟設有地下街互成網脈，轉診急救都不受路面交通號誌所阻，十分有效率。但那些都不及這悠閒的四公尺寬、一百多公尺長的橋廊好。橋廊離地五公尺，可以俯瞰池塘和池中的魚，外加風、飛鳥、以及對面走來的人。

2

此刻，在這美麗的橋廊上，對面就走來三個人，哦，不對，正確地說，三個人其中有兩個是走的，另一個則坐在輪椅上，由人推著，是個老女人。

老女人不知生什麼病，神情有幾分萎靡，另兩個人一個應是印尼籍的傭人，另一個則是個漂亮貴氣的中年女子，我猜她是女兒，不是媳婦——媳婦好像會更客氣些。

我的第一個反應是，這老婦人真好命呀，生了病，有兩個人侍候著。老年人，不是人人都有這種福氣的。但轉而又想，其實，也許更好命的人反而是那個印尼傭人吧？她健建康康，一身是勁，攔不住的青春從髮、從四肢、從眉眼，一一洩漏出來。假日，她們會去約朋友見面，高興得又跳又叫，健康才是好命人。至於那中年女子，她顯然是既有事業又有金錢的人，且因保養得宜，她甚至還擁有美麗，以今日的平均壽命看，她還可以穩享四十年好歲月，可說來日方長。當此盛年，健康自信，也許她該算三個人中最好命的吧？

唉，不過，她可能也不算命好，母親生著病，雖雇了外勞，但外勞只宜作小丫頭，自己還是得做那個大丫頭，大丫頭還是得罩得住全局，全然不能省心。而且，到了這個年齡，每一家的老爸老媽都會有個或大或小的毛病了，除非是孤兒出身，否則每對夫妻很公平的都有四個老人家要照顧。但怪就怪在這時候兒子和女婿很少幫忙，事情總落在女兒或媳婦身上，男人幹麼去了？或拚事業，或拚小三，因為，再晚，就沒機會了。所以，我並不知道眼前橋廊上輪椅旁陪母親住院的女子，她真的好命嗎？

至於那老婦，我剛才還在想，她真好命，其實她也許一生勞瘁，晚年卻落得一身病痛，錢，也許也賺到一些，卻無份享受……

而那位印傭午夜夢回之際，恐怕也自嘆身世淒涼，離家萬里，長年不見親人，寄人籬下，只不過為了多賺幾文，她或者會怨，為什麼我不是富二代呢……

在橋廊上，迎面三人，如果我是古時候的橋頭賣卜人，我該怎樣斷她們的凶吉悔吝呢？她們都各有其幸，也各有其不幸，就說那中年女子吧，她雖然也許為親人心急如焚，寢食難安，但相較於我，我已無父母可掛慮了，然而，一旦身為沒有親長可為之心急、為之焦慮之人，就真的比較幸福嗎？

人生世上，什麼叫幸？什麼又叫不幸呢？希臘悲劇《伊底帕斯王》，演到最後也只歸結一句：「人生未至終局之際，實難斷其人為幸福或不幸。」

橋廊下有大魚自池塘中潑刺一跳，激起小小水花，襯著噴泉，陽光下也自成一番七色霓彩，那三人剎那間走遠了。我，和那三人，此生中大概也就只交會這一次吧？奇怪的是，在橋廊上，在樹影中，在交肩錯踵之際，你總會想起許多許多事情——關於人和人世種種平常不太想及的事情。

二〇一五年十月《明報月刊》

【代後記】

雨耨風耕

有一陣子，大約是兩年前吧，我做了一方小紙卡。好像是從裝冰棒的紙盒上剪下來的硬紙，五公分見方，我在上面寫了一個字，放在外出用的皮包裡。這張字卡，我逢人就拿出來試問一問：

「你認得這個字嗎？」

這個實驗大概持續做了十個月，都找不到認識那個字的人。而能把答案說出口的人，又都說錯了。

其實我所說的「逢人就問」，指的是我文教界的朋友，其身分常是教授，甚至是中文系的教授，可惜，他們都不認識這個字，這個寫成楷體只有五筆的字。

終於碰到一位書法教授，他脫口說出字音和字義，我鬆了一口氣。唉，唉，總算找到一個認識這個字的人了！我於是把紙卡收了。

這個字長成什麼樣子呢？它的甲骨文和小篆階段長相分別如下：

甲骨 

小篆 

至於紙卡上的那個字，為了讓人好認，我寫的是楷書，其形如下：

圣

而這個楷體當然會遭人誤會為簡體字的「聖」。

這個字，這個十分容易寫的字，後來卻讓另外一個字取代了功能，那個字是「搰」。搰是形聲字，比較好認，「圣」是會意字，其實，更有深意。在東漢許慎的《說文解字》中，是這樣描述這個字的：

「汝、穎之間（也就是移民南方的閩、粵之人的故土），謂致力於地曰圣。」

它的讀音介乎「窟」、「骨」之間，重要的是，它是個「入聲字」。入聲字在中原土地上消失了八百年了，它是一種要凝聚大能量來發音，卻又「出口即斷」的奇怪節奏。入聲消失，其實很令人惆悵（現在，眼見著，「上聲」好像也要消失了），好在還可以在方言裡找到，例如台灣、福建、廣東。

清代段玉裁又為許慎的《說文解字》作了一番更細緻的解釋說：

「致力必以手，故其字從又土。」

「又」是「手」，朋友的「友」就是用兩隻手結構而成的字。

我之所以四處抓人來認這個字，是想讓人知道，在台灣，閩南人口中所說的「搰力」，其實在甲骨文時代就存在了。而「搰」「力」兩字皆入聲，它在音樂節奏上所能表達的強大爆破式的誇張力量就不是我用筆墨所能形容的了。

至於我自己，我之對此字著迷是因為想像中那幅動人的畫面：一個農人，早春或盛夏，蹲在田邊，在他自己或先人開墾的土地上，伸出雙手。在甲骨文時代，那個字是左右兩隻手，到了小篆，則簡化到只剩一隻手了。那農人兩手在幹什麼呢？在搓土、在揉土、在撿石子、除草、除蟲、播種……一雙一輩子伸在土地裡的粗手，一個不敢惜力，乃至不知世上有惜力之事的「耕耘人」。

我又喜歡宋代詩人陳止齋（本名陳傅良）的〈桂陽勸農〉詩。「勸農」這個動詞的主詞向例是「大官」，但止齋這位官員卻又身兼學者與詩人。桂陽在湖南南方和廣西一帶，算是優良農業區，但詩人〈勸農〉詩的開頭兩句仍充滿對農人生計的悲憫：

雨耨風耕病汝多
誰將一一手摩挲

我讀來頗覺親切，對「雨耨風耕」四字更是愛之入骨。因為我也是一個勤勞不休的農婦，辛苦而自得，卑微又自豪，把一雙手貼近文字之田隴，搓揉並整治、栽種並澆灌、修剪並收割的人，而且，是最後將黍稷之芬芳馨潔上享天神下奉眾生的人。

對，我喜歡那個字，它是我的畫像，「𡉚」，讀作「骨」或「窟」，入聲，短促，有爆破力的甲骨文時代的美麗單字，它道盡我七十五年來的人生。

讓我把兩千多前年莊子在〈天地〉篇中形容勞苦而少功的灌園老丈，和一千年前陳傅良形容老農的用詞，合成一句今日之我來自贈贈人的話吧：

搰搰然　雨耨風耕

二〇一七年一月十日

本書的封面和封底，要謝謝三個人：

1. 謝謝老友王行恭和他的工作團隊，他們一直忍容我嚕嚕嗦嗦的細瑣要求，並且十分專業地，把不相干的物象鎔裁成絕美的化合物。
2. 謝謝生態攝影者蘇貴福，他攝下一隻跟我一樣愛站在花樹下的小鳥，牠的名字叫台灣特有種小彎嘴畫眉（咦？我好像聽到牠婉轉的幽鳴）。
3. 謝謝臺靜農老師，他生前贈我的書法集，二十年來芬芳不減。我常愛集其字，並將之移作我書的封面，讓我平凡的作品憑空多出一段蘭芷的遠馨。

張曉風作品集 12

花樹下，我還可以再站一會兒

作者　張曉風
責任編輯　蔡佩錦
創辦人　蔡文甫
發行人　蔡澤玉
出版發行　九歌出版社有限公司
臺北市105八德路3段12巷57弄40號
電話／02-25776564・傳真／02-25789205
郵政劃撥／0112295-1
九歌文學網　www.chiuko.com.tw
印刷　晨捷印製股份有限公司
法律顧問　龍躍天律師・蕭雄淋律師・董安丹律師
初版　2017年2月
初版 3 印　2021年1月
定價　300元

書號　0110112
ISBN　978-986-450-086-4
（缺頁、破損或裝訂錯誤，請寄回本公司更換）

國家圖書館出版品預行編目資料

花樹下，我還可以再站一會兒/
張曉風著. -- 初版. -- 臺北市：九歌, 2017.02

272面；14.8×21公分. --（張曉風作品集；12）

ISBN 978-986-450-086-4（平裝）
978-986-450-115-1

855　　105014990